AF220552

Christoph Klaus

Das tritt nach allgemeiner Erkenntnis…

-

Die wahre Geschichte der friedlichen Revolution in der DDR

Wissenschaftserzählung mit
historischem Bezug

Bibliografische Information der Deutschen Nationalbibliothek:
Die Deutsche Nationalbibliothek verzeichnet diese Publikation
in der Deutschen Nationalbibliografie; detaillierte bibliografische Daten sind im Internet über http://dnb.dnb.de abrufbar.

© 2020 Christoph Klaus
Herstellung und Verlag:
BoD – Books on Demand, Norderstedt

ISBN: 978-3-751-98019-7

Mündigkeit heißt, sich über die Konsequenzen des eigenen Handelns im Klaren zu sein

Vorwort

Nach »Das Erbe der Piccolomini – Die wahre Geschichte der Reformation« nun wieder eine »wahre« Geschichte, und das zu Ereignissen, die weit weniger lange zurückliegen. Insofern ist das Geschehen, das dem vorliegenden Werk den Anlass zu seiner Verfassung liefert, wesentlich besser dokumentiert und in seinem Ablauf historisch gesichert. Zudem scheint es, dass in den vergangenen dreißig Jahren über das Thema »Friedliche Revolution in der DDR« so viel gesprochen, geschrieben und diskutiert worden ist, dass man dazu eigentlich keinen konstruktiven Beitrag mehr leisten, geschweige denn eine »wahre Geschichte« schreiben könnte. Aus diesem Grund mache ich gleich an dieser Stelle folgendes Eingeständnis: Die handelnden Personen sind ebenso wie die beschriebenen Ereignisse – mit Ausnahme der verbürgten historischen Fakten – fiktiv. »Also doch keine wahre Geschichte«, werden jetzt die Nörgler der ihnen zugedachten Rolle gerecht werden. Jenen ist entgegenzuhalten, dass Wahrheit manchmal, oder sogar meistens, tiefer liegt, als die oberflächliche Betrachtung zu ergründen in der Lage ist.

Es waren damals emotionale Momente, die niemand, der sie miterlebt hat, aus seiner Erinnerung streichen möchte. Freiheit, Gleichheit, Brüderlichkeit, beinahe wie bei der französischen Revolution, deren zweihundertstem Jubiläum gewidmet. Alle waren euphorisch, eine neue Zeit war im Anbruch begriffen. Was aber ist dreißig Jahre später davon noch übrig geblieben? In weiten Teilen Ernüchterung. Die Mauer hat bei ihrem Einsturz einen

Graben hinterlassen, der mindestens so tief ist, wie sie selbst einst hoch gewesen war, und der irgendwie ebenso unüberwindlich zu sein scheint wie die ehemalige Grenzbefestigung. Niemand kann verstehen, wie dieser Graben nicht nur zustande gekommen ist, sondern sich in so hartnäckiger Weise zementieren konnte. Und weil es niemand versteht, gibt jeder dafür einfach jenen die Schuld, die auf der jeweils anderen Seite des Grabens stehen.

Mir liegt die Absicht fern, die Leistungen und das Engagement derjenigen zu schmälern, die sich damals um die politischen und gesellschaftlichen Veränderungen bemüht hatten, doch mich beschleicht der Verdacht, dass man sich über die Konsequenzen des eigenen Handelns nicht im Klaren war. Anderenfalls wäre man vorbereitet gewesen auf das, was kommen würde, und hätte rechtzeitig den Zeigefinger der Warnung erhoben.

Man möge es mir nachsehen, aber ich muss an dieser Stelle das folgende Bild einschieben, auch wenn es auf den ersten Blick den Umständen nicht gerecht zu werden scheint: Die Situation erinnert an diejenige des zu dicken Kindes, das die Wippe aus dem Gleichgewicht bringt, demzufolge mit der eigenen Sitzschale am Boden »klebt« und seinen schlanken Gegenpart beneidet, der den Ausblick und die Höhenluft genießen kann. Natürlich wird unser Kind, clever wie es ist, versuchen, auf die andere Seite hinüberzuklettern, um auch mal »oben« zu sein – wer würde es ihm verdenken? Leider wird es, dort angekommen, feststellen müssen, dass es nicht funktioniert. Soviel zur Erläuterung dessen, was es bedeutet, sich über die Konsequenzen des eigenen Handelns im Klaren zu sein. Dies soll, wie bereits angeführt, nicht die Handlungen der friedlichen Revolutionäre auf östlicher Seite kritisieren, sondern nur deren notwendigerweise eingetretene Enttäuschung verständlich machen. Zudem muss man, um das Spiel auszugleichen, hinzufügen, dass es auch auf westlicher Seite nicht an mangelndem Sachverstand mangelte. Während man den Schülern im Osten sogar die Grundlagen des Systems der »Gegenseite« beibrachte, schien man im Westen offenbar nicht einmal zu wissen, wie das eigene System funktioniert. Oder wie ist es zu erklären, dass man versucht, jemandem die Marktwirtschaft zu erläutern, und sich gleichzeitig pausenlos darüber wundert und beklagt, dass sich der Benzinpreis an der Tankstelle im Minutentakt ändert und dass ein Kosmetikprodukt das Doppelte kostet, nur weil statt »For men« »For women« draufsteht?

Man muss es deutlich aussprechen: Um voranzukommen ist es tödlich, nur die eigenen Inkompetenzen zu pflegen. Noch tödlicher – falls dieser Komparativ denn existieren würde – wäre es, wenn diese Inkompetenzen von wenigen Kompetenten gepflegt würden, die daraus einen persönlichen Vorteil zu ziehen versuchen. Dass sie uns alle zu »mündigen Bürgern« erklären, um uns Fähigkeiten einzureden, über die wir gar nicht verfügen, genügt nicht. Damit wird zwar unser immanenter Drang bedient, uns nicht bevormunden zu lassen, und wir glauben ihnen das; in Wirklichkeit tun sie es aber, um sich aus jener Verantwortung zu stehlen, die ihnen ihre Position eigentlich vorschreibt. Möglicherweise hat es ja eine beruhigende Wirkung, jemandem noch schnell die Freischwimmerbescheinigung in die Hand zu drücken, bevor man ihn über die Reling stößt, das wohl aber nur beim stolzen Empfänger solchen Dokumentes. Dessen ausstellende Behörde dürfte von der Glaubhaftigkeit dieser Urkunde alles andere als überzeugt sein. Anderenfalls müsste man sich die Frage gefallen lassen, wieso ein »mündiger Bürger« auf ein Verbot von Tabakwerbung und Plastiktüten oder die Einführung einer »Lebensmittelampel« angewiesen ist, um seine eigene Existenz und die seiner Umwelt aufrechterhalten zu können.

Leider wird eine solche Strategie nicht auf Dauer erfolgreich sein, ja sie kann sich sogar als gefährlich erweisen. Irgendwann wird das Spiel abgerechnet werden und dann wird sich zeigen, wie es um unsere Kenntnisse über dessen Regeln und deren Anwendung steht, ob wir weiterspielen dürfen oder vom Platz gestellt werden. Letzteren Fall zu vermeiden wird voraussichtlich nicht im Selbstlauf zu erlangen sein.

Prolog

»Lasst sie gehen!«

Diese Worte hallten wieder durch die dunkle Ferne meiner Erinnerung, die in solchen Momenten in gleißendes Licht getaucht wird und für den Augenblick an unwirklicher Nähe gewinnt. Es waren die Worte, die bei mindestens der Hälfte all jener, an die sie gerichtet waren, Entsetzen, ja gar Verstörung ausgelöst hatten. Bei den anderen war so etwas wie Hoffnung heraufbeschworen worden, eine Hoffnung, die aber unter dem Schleier der Ungewissheit eingezwängt lag und deren Befreiung aus dieser fesselnden Enge sich noch fernab eines jeglichen Anzeichens gab. Mangels gangbarer Alternativen, deren Zeit entweder abgelaufen war oder die niemals bestanden hatten, würde aber ohnehin nur der eine Weg verbleiben. Und dieser führte über den schmalen Steg mit dem Namen »Vertrauen«. Diese Ressource war die einzige, die sich noch nicht vollends aus der Reichweite der gebundenen Hände des versammelten Gremiums zurückgezogen hatte und nun die zuvor erwähnte Hoffnung am Leben halten sollte.

Nachdem dieser Satz verklungen war, hatte sich zunächst nachdenkliches Schweigen eingestellt. Wie bei einem Riss in einer Eisscholle, dessen zunehmende Ausbreitung man mit unstetem Blick und gespitzten Ohren verfolgt, war die Beratung in ebenjenem Zustand eingefroren. Niemand hatte es gewagt, sich zu rühren, aus Angst, den Bruch zur Vollkommenheit zu führen. Sich in dessen Verantwortung zu stellen, war niemand bereit gewesen, auch wenn allen klar war, dass sich dieser ohnehin nicht mehr verhindern ließe und dass hinterher auch niemand fragen würde, wem der finale Hieb zur Zerstörung des fragilen Geläufs zuzuschreiben sei.

Immer wieder kommen mir diese Gedanken, wenn ich durch die Reste der ehemaligen Grenzanlagen an der Bernauer Straße in Berlin schlendere; im Sommer, um die wärmenden Strahlen der Sonne einzufangen, die einstmals nur über den Großveranstaltungen sozialistischer Massenorganisationen zu scheinen berechtigt war, im Winter, um die klare Frische der Luft zu genießen, die inzwischen viel von ihrer bedrohlichen sibirischen Kälte eingebüßt hat. Ich tue dies, wie viele andere an diesem Ort, mit einer Selbstverständlichkeit, die in einer Epoche der mittelfristigen Vergangenheit undenkbar gewesen wäre; eine Vergangenheit, welche die meisten der sich hier Tummelnden nicht miterlebt hatten und denen es demzufolge nicht einmal in den Sinn kommen würde, diese Selbstverständlichkeit überhaupt in Zweifel zu ziehen. Zugegeben, diese Stätte hatte ihre augenscheinliche Bedrohlichkeit abgelegt. Wo einst Grenzposten patrouillierten, mehr oder minder bereit, einen jeden Eindringling in dieses Areal notfalls mit Waffengewalt zu stoppen, spielen jetzt Kinder und scheren sich keinen verstohlenen Blick ihrer Mütter darum, das Grün des sprießenden Rasens niederzutrampeln. Die strenge Ordnung, die früher einmal hier herrschte, ist von der neuen Ordnung abgelöst worden, bei der es sich aber eher um Unordnung handelt. Und schon liegt der Finger auf der Wunde.

Neben der augenscheinlichen Bedrohlichkeit, von deren Fehlen niemand mehr Notiz nimmt, vermittelt dieser geschichtsträchtige Ort noch eine andere, eine tiefer liegende Bedrohlichkeit, die aber keiner der Besucher, gleich welchen Alters, zu bemerken scheint, geschweige denn dazu überhaupt in der Lage wäre. Nachdem die meisten der damaligen Weggefährten das Zeitliche gesegnet haben, insbesondere nach dem Tod meines engen Freundes Gerd, der wohl einzigen Person, die das Problem vollständig zu durchdringen in der Lage gewesen war, bin ich wohl der Letzte der darum weiß.

Mein Name ist Horst Pauschlik, ehemaliger Mitarbeiter des Ministeriums für Staatssicherheit der DDR und späteres Mitglied des Zentralkomitees der Sozialistischen Einheitspartei Deutschlands. Ich bin nicht stolz auf meinen Werdegang, auch wenn die Zeiten, da ich ihn angetreten hatte, andere waren. Die meisten der Genossen mit einer ähnlichen Biografie hatten sich aller Mühe befleißigt, ihre Vergangenheit zu verleugnen oder zumindest in geduckter Stellung zu verharren, bis irgendein Bewuchs, die Oberfläche der eigenen Fehlbarkeit zu kaschieren, sich aus den Sphären der Verklärung herabgelassen hätte. Ich konnte das nicht tun und kann es immer noch nicht, zu schwer ist die Last, die auf meinen Schultern ruht; Schultern, die langsam ermatten und darauf hoffen, von dieser Last befreit zu werden. Es ist Hoffnung, kein Anspruch; diesen zu verdienen, sehe ich mich außerstande. Der einzige Verdienst, den ich mir selbst zuzusprechen bereit bin, ist dieser, einem Mann zu Einfluss verholfen zu haben, der jenem sonst wohl versagt geblieben wäre. Dieser Einfluss bestand darin, Dinge geschehen zu lassen oder zu verhindern. Inwieweit diesen geschehenen und ungeschehenen Dingen ein strahlender Heiligenschein aufzusetzen ist und dieser auch ein Streiflicht des Wohlwollens auf mein Antlitz legen darf, entzieht sich meiner Entscheidungsgewalt. Sollen jene darüber richten, denen die Wahrheit zu erfahren am Herzen liegt. Wo Licht ist, da ist nun einmal auch Schatten, und in diesem Schatten liegt der bedrohliche Teil der Wahrheit.

Vielleicht ist die zuvor gewählte Formulierung der »tiefer liegenden Bedrohlichkeit« nicht ganz korrekt gewählt, da sie das Bestehen irgendeines finsteren Geheimnisses suggeriert, was aber so nicht der Fall ist. Alles liegt allen klar und offen vor Augen, aber niemand kann es sehen, geschweige denn verstehen, da es sich bei diesem »finsteren« Geheimnis um eine Wissenschaft handelt, der die meisten Menschen den Krieg erklärt haben. Dennoch sehe ich mich in der Pflicht, dieses »Geheimnis« zu lüften, zu viel könnte davon abhängen.

1

Gerd Tulök war einige Jahre jünger als ich. Sein Vater stammte aus Ungarn und war in die gerade gegründete DDR übergesiedelt, weil er mit einer gewissen Katharina Steiner aus Berlin Bekanntschaft geschlossen hatte. Jene sollte kurz darauf Gerds Mutter werden.

Der junge Gerd war ein aufgewecktes Kind. Als seine Altersgenossen noch mit Puppen und Holzeisenbahnen spielten, spielte er vorzugsweise mit Zahlen. Jahre später kam das Gerücht auf, dass diese doch mehr oder weniger ungewöhnliche Vorliebe aus einem verwandtschaftlichen Verhältnis zu einem Herrn Rubik – sie wissen, der mit dem Zauberwürfel – herrührte. Bestätigt wurde dieses nie, aber es war die beste Erklärung, die zur Verfügung stand. Immerhin begleitete ihn diese Vorliebe nicht nur als eine kurze Episode in seinem Leben, die sich spätestens mit der Pubertät auswächst. Als Schüler belegte er regelmäßig vordere Plätze bei den Mathematikolympiaden auf regionaler, nationaler und auch internationaler Ebene. Sein Werdegang war vorgezeichnet.

Zum ersten Mal begegnet bin ich ihm im Jahr 1968 an der Universität in Leipzig. Er hatte gerade sein Mathematikstudium aufgenommen; ich war dorthin versetzt worden, um die politische Lage innerhalb der Studentenschaft im Nachgang der Ereignisse, die sich im selben Jahr in der ČSSR abgespielt hatten, zu sondieren und unter Kontrolle zu halten. Insbesondere war ich angehalten, ein strenges Auge auf Studenten mit Beziehungen ins Ausland, gleich welcher Himmelsrichtung, zu haben, weil man von dort wohl in erhöhtem Maße zersetzende Einflüsse befürchtete. Mir ging das nicht so recht ein, aber ich folgte den erteilten Anweisungen. Welche Rolle gerade diesem Land Ungarn viele Jahre später einmal zufallen würde, daran war zu jenem Zeitpunkt in keinster Weise zu denken.

So hielt ich Gerd Tulök unter besonderer Beobachtung. Seine Mutter war zwar ein treues Mitglied der Partei der Arbeiterklasse, was aber noch lange kein Garant für die Staatstreue ihres Sohnes darstellte. In manchem Fall tritt das genaue Gegenteil ein. Im vorliegenden, muss man sagen, war das Ergebnis eine gewisse Indifferenz; Tulök war in der Tat als unpolitisch zu bezeichnen. So manchem Funktionär wäre ein solches Verhalten zumindest ein Dorn im Auge, um nicht zu sagen suspekt gewesen. Tulök war aber weit davon entfernt, auf diese Weise irgendeine Position zu seinem Heimatland zu bekunden; für ihn gab es nur seine Zahlen, für den Funktionär die Hoffnung, ihn nach Abschluss des Studiums wohlwollend in die gewünschte Position wenden zu können. Intelligente Köpfe wurden gebraucht, aber sie mussten in die richtige Richtung blicken. Ich bemühte mich im Rahmen der mir übertragenen Aufgabe, bei ihm eine gewisse dahingehende Agitation zu betreiben. Deren einziges Resultat bestand zunächst darin, dass wir miteinander persönlich bekannt wurden, ja sogar so etwas wie ein Vertrauensverhältnis aufbauten. Ich fühlte, dass dieser Mann für mich noch eine bedeutende Rolle spielen würde, auch wenn ich dieses Gefühl noch nicht mit konkreten Fakten zu bekräftigen wusste. Ich nutzte meine Position, um für ihn so manches Mal zum Fürsprecher zu werden, wenn es darum ging, einem fachlichen Genie mit noch mangelhafter politischer Überzeugung die richtigen Türen zu öffnen. Er schien zu spüren, was er mir verdankte, auch wenn er zum damaligen Zeitpunkt zu diesen Dingen wohl noch keinen Zugang hatte. Auf jeden Fall entwickelte sich daraus eine Art Freundschaft – zwar nicht von der, jeden Abend miteinander durch die Kneipen zu ziehen, aber immerhin.

Wir verloren uns dann eine Zeitlang aus den Augen, woran ich eine gehörige Portion Mitschuld trug. Mein Engagement für sein Vorankommen und seine Leistungen im Studium – in dieser Reihenfolge oder auch nicht – ermöglichten ihm, den unter den gegebenen gesellschaftlichen Verhältnissen einzig verfügbaren Ritterschlag zu empfangen: Ein Studium in der UdSSR. Ob dies sein Ziel gewesen war, wage ich zu bezweifeln; dieses Angebot aber auszuschlagen, davon hätte ihm jeder abgeraten, falls ihm nicht selbst die Unmöglichkeit einer solchen Handlungsweise eingängig gewesen wäre. Zudem würde es seiner Karriere von förderlicher Wirkung sein, wie sich später herausstellen sollte.

Ich sah ihn wieder, als er, frisch promoviert, in den frühen Achtzigerjahren aus Moskau zurückkehrte, um an der Leipziger Universität den Lehrstuhl für Systemtheorie zu besetzen. Da war er noch nicht einmal fünfunddreißig Jahre alt, aber augenscheinlich innerlich wie äußerlich gereift. Zugegeben, er hatte schon als Student nicht vollständig meiner Vorstellung von einem Mathematiker entsprochen, mit seiner etwas untersetzten Statur und den kräftigen Oberarmen sowie Händen, die beim Fingerrechnen keine gute Figur gemacht hätten. Immerhin hatte er damals eine Brille getragen, die seiner Erscheinung zumindest einen Rest an Intellektualität bewahren konnte. Dieser wurde nicht einmal vom völlig fehlenden Bartwuchs wieder ausgelöscht. In meinen Augen hätte ihm eine Laufbahn als Klaviervirtuose besser zu seinem kantigen Gesicht gestanden, aber er selbst wäre wohl der Erste gewesen, den das überhaupt nicht interessierte.

Inzwischen hatte sein Äußeres einen gewissen Wandel erfahren. Das einstmals wirre rotblonde Haar trug er jetzt von sachkundiger Hand perfekt in Form gebracht und gescheitelt. Die Brille war verschwunden; ob er sie nicht mehr brauchte, einfach nicht mehr anlegte oder durch Kontaktlinsen ersetzt hatte, weiß ich nicht. Die Bartstoppeln, derer er sich im fortschreitenden Alter nun doch noch erfreuen und die man aufgrund ihrer Farbe nur bei genauem Hinsehen ausmachen konnte, waren bei einem Mann in seiner Position eigentlich unerwünscht, seiner Berufung dennoch nicht von abträglicher Wirkung gewesen. Offenbar hatte er den richtigen Weg gewählt. Er war sogar der Partei beigetreten, dennoch weit davon entfernt, sich gängeln zu lassen. Er vertrat seine eigenen Überzeugungen, was wiederum den Funktionären missfallen musste. Andere hätten sich zum eigenen Wohl und dem Wohl ihres Vorankommens in die Rolle des Mitläufers gefügt, dessen Stimme derjenigen des Führungspersonals lediglich als Nachhall dient. Er tat es nicht und er hatte dafür seine Gründe, wie er mir später noch erläutern würde. Seiner Karriere tat es jedoch keinen Abbruch, da man an seiner fachlichen Qualifikation nicht vorbeikam, ohne sich selbst zu disqualifizieren.

18

2

Es musste wohl eine kritische Äußerung Tulöks zur Linie der Partei gewesen sein, die mir entgangen war; vielleicht war es auch nur eine, die vonseiten der innerparteilichen Geltungssucht als willkommene Gelegenheit erachtet wurde, sich in den Brennpunkt der Aufmerksamkeit der übergeordneten Führung zu rücken. Ich weiß es nicht mehr, habe es wohl damals schon nicht gewusst. Ich hatte regelmäßig wichtige Aufgaben in Berlin und verbrachte nur noch einen Teil der Zeit in Leipzig. Das »Ministerium« hingegen schien es sehr genau gewusst zu haben und der Befehl, mich der Sache anzunehmen, kam vom Genossen Minister persönlich.

Man hätte meinen können, dass solche Situationen auf andere Weise einer Lösung zugeführt werden. Nicht zur Chefsache machen, sondern still und unheimlich effizient vom Personal vor Ort. Viel bedurfte es dessen nicht: Erstens, eine Nacht, zweitens einen Nebel, drittens ein als Zivilfahrzeug getarnter dienstlicher Kleintransporter. Mit »Drittens« wurde dann bei »Erstens« eine Fahrt in den »Zweitens« unternommen und anschließend deren Zielpunkt vergessen. So oder so ähnlich. Je höher aber das Delikt, sprich der Delinquent in der sozialen Hierarchie angesiedelt war, desto schwieriger war es, eine solche Aktion ohne Erregung eines entsprechenden Aufsehens vonstattengehen zu lassen. Tulök war schließlich nicht irgendwer, sondern ein Professor mit inzwischen internationaler Anerkennung, demzufolge sogar Reisekader. Er hatte Vorträge auf internationalen Kongressen in Leningrad, Paris, Bologna und Tokio gehalten. Demnächst stand sogar Harvard auf seinem Reiseplan.

Die Sache hingegen auf sich beruhen zu lassen ging aber auch nicht. Es war November 1985. Die Vorbereitungen für den XI. Parteitag, der im Folgejahr stattfinden sollte, waren in vollem Gange; ein letzter Sturmangriff auf eine nicht zu brechende Bastion, wie sich aber erst später herausstellen würde. Für den Moment galt es, keine Widerworte zu dulden, schon gar nicht aus den eigenen Reihen. Geschlossenheit war verordnet worden.

So machte ich mich an einem kühlen Herbsttag genannten Jahres mit meinem Dienstwagen vom Typ »Wartburg« auf den Weg von der Hauptstadt in die Hochburg des sächsischen Rebellentums. Es nieselte leicht und der Wind blies totes Laub von den Bäumen, das von den Rädern der Geschichte überrollt wurde. Von dieser Metapher – daran erinnerte ich mich in dieser Situation – hatte ein Genosse mit größerem Talent im Schwafeln denn im Denken auf einer der letzten Parteiversammlungen im Hinblick auf einige »Elemente« in unserer sozialistischen Gemeinschaft mit geringer Willigkeit, aber umso höherer Ausreisewilligkeit Gebrauch gemacht. »Und wenn ein richtiger Winter kommt, ist der Baum kahl«, hatte ich darauf geantwortet und mir einige strenge Blicke von jenen eingefangen, die dasselbe dachten, es zu artikulieren aber niemals gewagt hätten.

Es sollte ein »freundschaftliches Gespräch unter Genossen« werden, so war es mir aufgetragen worden. Aus diesem Grund hatte man auch gerade mich mit dieser Aufgabe betraut; man wusste um mein Verhältnis zur Zielperson. Zwar hatte ich mich bei Tulök angemeldet, jedoch nichts über den konkreten Hintergrund des Treffens verlauten lassen. Man wollte bei ihm keinen Verdacht, geschweige denn den Wunsch erregen, sich dieser Maßnahme zu entziehen; er sollte unvorbereitet sein. Ich hingegen war bestens vorbereitet. Schon Tage vorher war eine Kommission einberufen worden, die das strategische Vorgehen auszuarbeiten hatte. Demnach sollte ich zunächst vorsichtig die persönliche Lage Tulöks sondieren, eine Liste von Argumenten vortragen, die mir von vorgesetzter Seite diktiert worden war, und den Frevler, notfalls mit Nachdruck, daran erinnern, dass alles zu unterlassen sei, was das »E« im Namen unserer Partei ins Wanken bringen könnte.

Als ich bei Tulök eintraf, war ich festzustellen gezwungen, dass er wohl doch weniger unvorbereitet war als von meinen Auftraggebern erhofft. Doch schließlich hatte er einen höheren IQ als wir alle zusammen; insofern war diese Hoffnung mit geringer Berechtigung versehen gewesen. Ausdruck fand dies in der Tatsache, dass er seine Frau angewiesen hatte, ein Nachtmahl mit einem aus Königsberger Klopsen bestehenden Hauptgang zu servieren, um dessen Status als mein Leibgericht er noch aus Studentenzeiten wusste. Es schien, als wolle er auf diese Weise meine Linientreue untergraben. Ich versuchte, mich davon nicht beeinflussen zu lassen.

»Wir müssen reden«, begann ich, als zum Abschuss der Beköstigung zwei Gläser mit einem erstklassigen Weinbrand befüllt wurden.

»Worum geht es?«, versuchte er sich den Anschein einer fehlenden Vorstellung davon zu geben, was jetzt kommen würde.

»Die Genossen in Berlin sind besorgt.«

Da die Frage »*Worüber?*« ausblieb, verständlicherweise, selbst dann, wenn er es nicht bereits gewusst hätte – schließlich gehörte er der echten Intelligenz an und nicht nur der sozialistischen –, sprach ich weiter:

»Es geht um deine jüngsten Äußerungen, du weißt schon. Schließlich bist du Parteimitglied und man fragt sich, ob du wirklich noch zu uns gehörst.«

Die Antwort kam verzögert, auch wenn das offensichtlich nicht daran gelegen hatte, dass er darüber hätte nachdenken müssen.

»Und wenn dem nicht so wäre?«

»Nun, ich denke, du hast eigentlich keinen Grund, dich zu beklagen. Schließlich hast du der Partei einiges zu verdanken. Dir wurden Wege eröffnet, die nur wenige gehen können. Man erwartet vielleicht nicht zu Unrecht eine gewisse Dankbarkeit.«

»Dankbar bin ich schon, das steht außer Frage.«

»Warum dann aber ein solches Verhalten? Man könnte meinen, du seiest nur Parteimitglied geworden, um deine Karriere zu sichern. Und jetzt, wo du sie gemacht hast, brauchst du uns nicht mehr.«

»Ich kann dir versichern, dass ich nicht Mitglied geworden bin, um persönlich davon zu profitieren.«

»Warum dann?«

Ich hielt mich streng an den Plan, den man mir gemacht hatte, und bis jetzt lief alles wie erhofft. Tulök würde Farbe bekennen müssen, das war das Ziel.

»Weil mich die Idee von einer gerechten Welt begeistert und weil ich an der Quelle sitzen möchte, dort, wo es Informationen aus erster Hand gibt. Ich bin aber nicht eingetreten, um mir den Mund verbieten zu lassen.«

22

»Diese Einstellung mag ja löblich sein, schließlich haben wir in unserem Land viel zu viele Duckmäuser und Mitläufer. Wenn du dich aber von der Ideologie unserer Partei abwendest, können wir das doch nicht tolerieren, oder?«

»Auf diese Frage habe ich gewartet«, sprach er und lächelte.

Ich bemühte mich, ernst zu bleiben. Der Genosse Minister tat das auch immer, obwohl es – wenn ich im Nachhinein darüber nachdenke – meistens unfreiwillig komisch wirkte.

»Ich muss dir diese eine Frage stellen: Wie steht es um deine ideologische Einstellung, stehst du noch zum Marxismus-Leninismus oder nicht?«

»Das sind ja gleich zwei Fragen, eigentlich sogar drei«, nahm er es sehr genau. »Aber da du so offen fragst, sollst du auch eine offene Antwort bekommen.«

Er leerte sein Glas, dann kam er seinem Versprechen nach:

»Du redest wie viele andere nur von Ideologie. Ich sage dir, Ideologie ist etwas für Leute, die anderen eine Lüge für wahr verkaufen wollen. Ich lehne das ab.«

Wir waren zwar Freunde, aber jetzt geriet ich in Zorn.

»Du willst damit sagen, dass unsere Idee von einer sozialistischen oder kommunistischen Gesellschaft falsch ist?«

»Im Gegenteil. Ich will sagen, dass sie so wahr ist, dass man dafür keine Ideologie braucht.«

Ich spürte, dass sich das Gespräch in eine Richtung entwickelte, auf die man in keinem Parteilehrjahr vorbereitet worden wäre.

»Also lehnst du den Marxismus-Leninismus ab?«

Diese Frage musste ich stellen, weil der Genosse Minister darauf bestanden hatte, aber die Antwort bestätigte das Gefühl, das mich kurz zuvor überkommen hatte.

»Ich stehe zu Marx, Lenin lehne ich ab.«

Damit war der vorbereitete Plan am Ende und ich musste improvisieren. Eigentlich hätte ich mein Gegenüber bereits an dieser Stelle der Berliner Inquisition überantworten müssen, aber erstens war er noch bis vor einer Minute mein Freund gewesen, zweitens war ich so überrumpelt worden, dass meine Gedanken für einen Moment ihre Klarheit preisgaben, und drittens wollte ich, wohl aus reiner Neugier, noch seine Antwort auf meine nächste Frage hören.

»Was hast du gegen Lenin?«

»Was hast du gegen Marx?«, gab er zurück.

Der Disput lief irgendwie aus dem Ruder. Hätte ich ihn nicht so gut gekannt, ich hätte gemeint, er will mich vorführen. So aber vermutete ich, dass er nur seine intellektuelle Überlegenheit zum Ausdruck bringen wollte, indem er Absurditäten einstreute. Meine einzige Möglichkeit gegenzuhalten bestand darin, unnachgiebig zu bleiben.

»Das ist keine Antwort auf meine Frage«, bestand ich auf eine solche, die meinen geistigen Fähigkeiten angemessen war.

»Gut, aber eines muss ich wissen: Fragst du das als Parteimitglied oder als mein Freund?«

»Als dein Freund.«

»Also willst du eine ehrliche Antwort?«

»Ja.«

»Nun, in deiner dogmatischen Vorstellung mag es nichts außer deinem Marxismus-Leninismus geben, aber ich kann nicht akzeptieren, einen der größten Denker, den dieses Land hervorgebracht hat, auf eine Stufe mit einem sibirischen Freizeit-Revoluzzer zu stellen.«

Das genügte.

Ich kippte meinen noch unberührten Weinbrand hinter und verließ stehenden Fußes die Wohnung. Ich hoffte, auf der kurzen Fahrt, die noch vor mir lag, nicht in eine Polizeikontrolle zu geraten.

3

Zu der Zeit, als ich noch hauptberuflich in Leipzig tätig war, hatte ich eine kleine Wohnung im Stadtzentrum in der Nähe des Hauptbahnhofes bezogen. Außenstehende, insbesondere jene, die meiner Tätigkeit mit Skepsis oder gar Ablehnung gegenüberstanden, hätten ihr wahrscheinlich das Attribut »konspirativ« verliehen, aber dem war nicht so. Sicherlich, da ich regelmäßig in Berlin zu tun hatte, war ich nicht immer zu Hause, was selbstredend zu Gerede und Spekulationen unter den Nachbarn geführt hatte. Doch darum konnte und wollte ich mich nicht kümmern.

Die Wohnung war alles andere als luxuriös. Für mich war sie ausreichend, außerdem war sie günstig gelegen. Ich hatte kurze Wege zu meiner Arbeitsstelle und zum Bahnhof, was mir ermöglichte, bei Bedarf innerhalb von drei Stunden in Berlin vorstellig zu werden. Damals legte ich diesen Weg noch regelmäßig mit der Deutschen Reichsbahn zurück. Erst später, als ich mich als ebenso zuverlässiger Mitarbeiter des Ministeriums wie die Bahn sich – besonders im Winter – als unzuverlässiges Transportmittel erwiesen hatte, wurde mir ein Dienstwagen zugeteilt.

Nachdem ich meine reguläre Tätigkeit in Leipzig beendet hatte, war ich eigentlich geneigt, diese Wohnung aufzugeben. Meine Dienststelle hingegen erachtete es als strategisch wertvoll, diese dennoch zu halten. Trotz der Beschlüsse des VIII. Parteitages war Wohnraum insbesondere in Ballungsgebieten knapp und man wusste ja nie, wozu man ihn mal gebrauchen könnte. Ich will gar nicht wissen, was während meiner Abwesenheit in diesen Räumen vor sich ging; wahrscheinlich hatte inzwischen doch die von den Nachbarn postulierte Konspiration Einzug gehalten. Immer aber, wenn ich hier war, hatte ich das Gefühl, wieder zu Hause zu sein, zu Hause in meinem Domizil.

So auch dieses Mal. Es war schon später Abend, als ich eintraf. Den Wagen hatte ich eine Straße weiter geparkt; ich wollte den Nachbarn den Anblick eines Fahrzeuges mit polizeilichem Kennzeichen von Berlin ersparen. Das wenige Gepäck, das ich mitführte und das lediglich aus einem kleinen Koffer und einer Tasche bestand, konnte ich problemlos um zwei Häuserecken tragen.

Als ich wenig später in der Wohnung im dritten Stock saß, bei einer Tasse Kaffee, derer es trotz der schon vorgerückten Stunde bedurft hatte, ließ ich meinen Blick immer wieder über meine beiden Gepäckstücke streifen, in der inneren Zerrissenheit, welches ich als erstes auspacken sollte. Der Vorgang mag trivial, die Zerrissenheit unverständlich sein, aber für mich war es der Unterschied zwischen dienstlich und privat. In Anbetracht meiner fortschreitenden Müdigkeit war ich zunächst geneigt, mit der Tasche zu beginnen, welche jene Utensilien beinhaltete, die ich zur Vorbereitung und Durchführung der Nachtruhe benötigte. Dann entschied ich mich in einem Anfall von Diensteifer und der Befürchtung, die Eindrücke des Abends könnten bei Anbruch der Morgendämmerung zum Opfer der Vergessenheit geworden sein, aber doch für den Koffer. Dieser enthielt meine Reiseschreibmaschine, die ich immer mitführte, wenn ich unterwegs war, um die Berichte zu tippen, die meine Vorgesetzten verlangten.

Jedes Mal, wenn ich das Gerät in den Betriebszustand versetzte, das heißt, den Koffer auf dem Tisch aufbaute, mit sattem Griff, aber sanftem Schwung die verchromten Verschlüsse öffnete und den Deckel abnahm, spürte ich dieses Kribbeln in den Fingern, das sich die Unterarme bis zum Ellbogen hinaufzog. Nicht, weil gleich etwas zu Papier und damit ein Bürger unseres Staates in eine unangenehme Lage gebracht werden würde; nein, es lag daran, dass mich diese Maschine immer an meine Frau erinnerte. Erstens hieß sie auch »Erika« und zweitens war sie mir persönlich anvertraut worden. Trotz Propagierung des »Volkseigentums« sah man bei Schreibmaschinen davon ab, sie allzu sehr in diese Kategorie einzuordnen. Will heißen, derartige Geräte wurden immer in individuelle Obhut gegeben. Der Grund dafür war, dass von jeder dieser Maschinen vor Inverkehrbringen eine Schriftprobe genommen wurde, um bei Auftauchen subversiver Pamphlete die Quelle deren Urheberschaft ausfindig machen zu können. Hätten nicht andere Ereignisse diesen Prozess beschleunigt, die DDR wäre spätestens an der Erfindung des Tintenstrahldruckers zugrunde gegangen.

So begann ich also mit der Arbeit, um zunächst alle Details meines Gespräches mit Tulök zu dokumentieren, auch wenn ich mir nicht sicher war, an diesem Tag noch eine Reinschrift dessen zuwege zu bringen. Mit jedem Bogen, den ich verzweifelt aus der Maschine riss und den zu zerknüllen mir eine Dienstanweisung untersagte, da sich unser Reißwolf daran regelmäßig verschluckte, schwand diese Hoffnung Stück für Stück. Ich schrieb zwar die Wahrheit, die ganze Wahrheit und nichts als die Wahrheit; diese kam mir aber mit jedem gescheiterten Versuch mehr und mehr unwirklich vor. Wie sollte ich so einen Bericht in Berlin vorlegen, ohne selbst Schaden zu nehmen? Es wäre meine Aufgabe gewesen, Tulök zu agitieren. Mit einem Tatsachenbericht – so sehr ich an diesem Abend in meiner emotionalen Erschütterung bereit gewesen war, diesen Aufrührer ans Messer zu liefern – hätte ich mich bestenfalls selbst des Mangels an Qualifikation in der Durchführung meiner Arbeit bezichtigen müssen. Bestenfalls. Vielleicht hätte man mir sogar meine enge Beziehung zu diesem Subjekt negativ angerechnet. Ich wusste nicht, was ich tun sollte; die Wahrheit verschleiern, um eine sichere Anklage wegen Unfähigkeit gegen eine derer möglichen wegen Falschaussage einzutauschen? In diesem Moment tiefster Verzweiflung klingelte das Telefon. Tulök war dran.

4

Die Nachtruhe war dann doch nicht von jener niederen Qualität gewesen, wie noch am Abend zuvor die Befürchtung bestanden hatte. Der Grund dafür war von einem Telefonanruf geliefert worden, der gerade noch rechtzeitig eingegangen war. Eigentlich hätte mich dieser Umstand mehr verwundern müssen als der Inhalt des Gesprächs selbst, aber ich war ohnehin nicht in der Verfassung gewesen, solches zu hinterfragen. Dabei war es genau genommen ein glücklicher Umstand, dass mich dieser Anruf überhaupt erreichen konnte; ein Umstand, der möglicherweise nur auf einem Versäumnis beruhte. Aber vielleicht hatte es so sollen sein.

Als ich die Wohnung vor vielen Jahren bezogen hatte, wurde mir das Privileg zuteil, einen Telefonanschluss zugewiesen zu bekommen. Dieses Privileg war eigentlich keines, da ich aufgrund meiner Tätigkeit auch zu Hause erreichbar sein musste. Insofern hätte es nur den Neid derjenigen hervorrufen können, die über meine beruflichen Verhältnisse nicht informiert waren. Aber das nur nebenbei. Nach meinem »vorwiegenden« Auszug aus dieser Wohnung, soll heißen, als ich sie nur noch gelegentlich nutzte und sie im Übrigen anderweitige Verwendung fand, war ich eigentlich davon ausgegangen, dass man die Rufnummer ändern lässt. Ob dies ein Versäumnis meiner Vorgesetzen, der Mitarbeiter der Deutschen Post oder aber überhaupt keines war, weiß ich nicht. Auf jeden Fall verdanke ich diesem Sachverhalt, dass mich Tulök am Vorabend überhaupt hatte anrufen können. Die Telefonnummer kannte er wohl noch von früher her.

»Hallo Horst«, hatte er sich gemeldet, ohne seinen Namen zu nennen, vielleicht weil er davon ausging, dass ich ihn – was zutreffend war – an seiner Stimmer erkennen würde oder – was wahrscheinlich zutreffend war – dass der Anschuss abgehört wurde.

»Hallo, was gibt es«, strengte ich mich an, den akuten Zorn aus meinen vergeblichen Bemühungen der schriftlichen Berichtlegung und den wiederaufsteigenden Zorn aus dem wenig erbaulichen Gespräch des Abends nicht durchdringen zu lassen.

»Ich weiß, womit du gerade beschäftigt bist, und ich weiß auch, welche Probleme dir das bereitet«, bohrte sich sein Orakel in meinen Gehörgang. »Deshalb sollten wir unser Gespräch fortsetzen. Ich schulde dir eine Erklärung und ich hätte sie dir bereits gegeben, wärest du nicht so fluchtartig aufgebrochen.«

Seine Stimme und vor allem die Worte, die sie sprach, hatten bei mir eine gewisse Entspannung ausgelöst. Erstens machte es sich für den Moment überflüssig, einen Bericht zu schreiben, der am nächsten Tag vielleicht nur noch ein Fall für den stählernen Papierkorb wäre, zweitens konnte ich meiner Müdigkeit nachgeben und zu Bett gehen.

Am nächsten Morgen suchte ich Tulök dann erneut in seiner Wohnung auf. Gelegen war diese im Süden der Stadt mit Blickrichtung zum Roten Platz, wie es sich für einen getreuen Parteigenossen gehört. Bevor Ortskundige jetzt fragen, wo es denn in Leipzig einen Roten Platz gibt und ob es sich nicht vielleicht eher um den Rotheplatz gehandelt hätte: Gemeint ist natürlich der in Moskau und »Blickrichtung« in hochglanzprospektiver Bedeutung heißt ja nur, dass das angepriesene Objekt in dieser Richtung gelegen ist; sehen kann man es aber mit hundertprozentiger Sicherheit nicht. Gut, damals hätte es solch reißerischer Andienung nicht bedurft, diese Wohnung an den Mieter zu bringen, heutzutage wohl auch nicht.

Eingerichtet war sie recht geschmackvoll, zumindest für einen Mathematikprofessor. Außer einem Porträt von Carl Friedrich Gauß an der Wand und einem mehrbändigen, in Leder gebundenen Mathematiklexikon als Blickfang im Bücherregal gab es keinerlei Hinweis auf die geistige Größe und Ausrichtung des Haushaltsvorstandes. Lag wahrscheinlich daran, dass seine Frau Lehrerin für Kunsterziehung und noch irgendetwas anderes war und hier wohl in Sachen Wohnkultur die Feder führte. Das soll kein abschätziges Urteil sein, im Gegenteil, denn das Verständnis von Kunst, das meine Frau sich erarbeitet hatte, erschöpfte sich in *Kunst*blumen auf der Fensterbank und kubistischen Sofakissen in Orange und Hellgrün.

Es war Sonnabend und Tulök hatte keinen Dienst. Seine Frau schon, sodass wir ungestört waren. Kaum, dass wir es uns bequem gemacht hatten, begann er auch schon mit seinem Plädoyer:

»Entschuldige bitte, Horst, ich weiß, ich habe gestern bei dir einen wunden Punkt berührt, aber du hast bei mir dasselbe getan. Das war vielleicht der Grund für meine emotionale Überreaktion. Du darfst nicht denken, dass ich mich von den Zielen unserer Partei losgesagt hätte, im Gegenteil. Aber für mich sind gewisse Dinge nicht so einfach wie für dich. Ich weiß nicht, ob du das verstehen kannst.«

»Im Moment noch nicht. Worauf willst du hinaus?«

»Was ich dir gestern gesagt habe, ist die Wahrheit. Ich bin der Partei beigetreten, weil ich den Traum von einer gerechten Welt habe. In diesem Punkt stimmen wir überein, denke ich.«

»Auf jeden Fall.«

»Aber es gibt auch einen Unterschied zwischen uns, einen entscheidenden Unterschied: Ich kann nicht blind irgendwelchen Dogmen folgen. Ich bin Mathematiker, für mich muss alles systematisch und präzise sein. Ich gebe zu, anfangs war ich von der Theorie des Marxismus-Leninismus überzeugt, aber eben nur so lange, bis ich eingehend darüber nachgedacht habe. Und mein Nachdenken hat mich zu einem anderen Ergebnis gebracht.«

»Welches darin bestand, ihn nur zur Hälfte zu akzeptieren?«

»Ja.«

»Den Marxismus vertreten, den Leninismus ablehnen?«, versuchte ich mich nachdenklich zu geben.

»Genau so.«

»Ich muss zugeben, dass du der Erste bist, von dem ich eine solche Theorie zu hören bekomme. Verstehen kann ich sie allerdings nicht. Marxismus und Leninismus gehören doch zusammen.«

»Wieso?«

»Nun, Marx war ein reiner Theoretiker. Es war Lenin, der diese Theorie weiterentwickelt und in die Praxis überführt hat.«

»Siehst du, und genau darin besteht der Denkfehler.«

»Wo ist da ein Denkfehler?«

»Lenin hat die Marx'sche Theorie nicht weiterentwickelt, er hat sie negiert, um nicht zu sagen, konterkariert. Deshalb muss eigentlich jeder, der Marx verehrt, Lenin ablehnen. Um beides zu vereinen, bedarf es wiederum der Ideologie, die ich mir, wie schon gesagt, nicht zu eigen machen kann.«

»Trotzdem verstehe ich es nicht.«

»Wie du richtig bemerkt hast, war Marx ein Theoretiker. Aber nicht nur das, er war Wissenschaftler, der seine Arbeit mehr oder weniger uneigennützig in den Dienst der Allgemeinheit gestellt hat. Lenin war, zumindest in meinen Augen, kein Wissenschaftler. Er hat sich der Marx'schen Theorie bedient, um sich persönlich zu profilieren. Bevor du widersprichst: Ich will nicht in Abrede stellen, dass er dabei auch das Wohl seiner Landsleute im Blick hatte. Aber für dieses Ziel hat er die Marx'sche Theorie verbogen, was von Ideologen als »Weiterentwicklung« betrachtet wird, in Wirklichkeit aber keine war.«

»Das sehe ich anders. Ohne Lenin wäre die Marx'sche Theorie nie in die Praxis überführt worden.«

»Halten wir diesen Gedanken fest und kommen wir später darauf zurück. Dennoch hat Lenin dabei einen entscheidenden Fehler gemacht, ganz gleich, ob aus Unkenntnis oder Berechnung. In Marx' Theorie besteht die Vorstellung von der Weltrevolution, um den Kapitalismus zu überwinden. Lenin hat dieses wichtige Element ignoriert, mit den Folgen müssen wir jetzt klarkommen.«

»Welche Folgen?«

»Dass wir uns der Ideologie bedienen müssen, um unsere Idee zu verwirklichen.«

Ich hatte keinen Spiegel zur Hand, war aber auch ohne Hilfe eines solchen davon überzeugt, dass mein Blick einen äußerst fragenden Ausdruck angenommen hatte. Er musste das bemerkt haben, denn er erwiderte diesen Blick und schien im selben Moment einen Plan zu fassen.

»Meine Frau muss heute arbeiten, deshalb ist sie mit unserem Auto unterwegs. Aber du bist doch mit deinem hier?«, fragte er, was ich bejahte.

»Dann komm bitte mit. Ich zeige dir etwas.«

Er sprang auf, riss seinen Mantel von der Garderobe, eine Aktion, die vor Energie nur so sprühte, und bedeutete mir, ihm zu folgen. Wir stiegen das Treppenhaus hinunter, das heißt, ich stieg, er rannte förmlich und musste unten an der Haustür auf mich warten.

»Wo wollen wir denn hin?«

»In mein Büro.«

5

Die Straßen waren nahezu leer, kein Vergleich zur heutigen Zeit, da sich am Samstagvormittag endlose Blechlawinen zu den Super- und Baumärkten hin- und wieder zurückwälzen. Gut, früher hatte jeder den Konsum oder die HO-Kaufhalle um die Ecke und konnte Werkzeuge und Baumaterial... aber reden wir nicht darüber. Ein anderes Bild bot sich an Tulöks dienstlicher Wirkungsstätte. Hier fanden auch an Sonnabenden Lehrveranstaltungen statt. Tulök selbst war manchmal auch der Leidtragende dieser Regelung, falls sein Einfluss gerade nicht ausreichte, die damit verbundenen Verpflichtungen auf andere zu übertragen. Aber auch in solchen Fällen der Manifestierung nicht zu hinterfragender Weisungsbefugnis ließ er es sich nicht immer nehmen, diesen in Mythos getauchten Ort aufzusuchen: Die Sektion Mathematik der Karl-Marx-Universität Leipzig. Hier fand nicht nur sein Dienst statt, sondern – man muss es so sagen – auch sein Leben, jedenfalls dann, wenn ihm zu Hause die Decke auf den Kopf fiel. Bei Wissenschaftlern ist dieses Phänomen recht häufig anzutreffen.

Als ich Gerd Tulök in den Anfängen seines Studiums kennengelernt hatte, bewohnten die Mathematiker noch ein kleines Haus nahe dem Universitätscampus. Inzwischen war man in ein anderes Gebäude an der Liebigstraße umgezogen, das neben der höheren Geräumigkeit insbesondere bezüglich seiner Lage mit handfesten Vorteilen aufwarten konnte: Erstens war man abseits vom Schuss, wenn dem Rektor mal wieder der Schreibtisch explodierte, zweitens konnte man die Mittagspause in der Weitläufigkeit des nahegelegenen Parks der Jugend oder mit anregenden Gesprächen bei Kollegen anderer der hier ansässigen naturwissenschaftlichen Sparten verbringen und drittens bei Erleidung eines schizoiden Arbeitsunfalls die notwendige Betreuung bei den Medizinstudentinnen in der Universitätsklinik gleich gegenüber auf der anderen Straßenseite in Anspruch nehmen.

Den Wagen stellten wir auf dem Parkplatz direkt neben dem Eingang ab, der Tulök aufgrund seiner dienstlichen Stellung zustand und den, ihm streitig zu machen, niemand gewagt hätte, sei es aus Ehrfurcht oder mangels eines entsprechenden Fahrzeuges. Ich folgte ihm in respektvollem Abstand durch Flure und Treppenhäuser bis zu seinem Büro, nicht, weil ich den Weg nicht gefunden hätte, sondern weil er, vom Fixpunkt all seines Sehnens in magischer Weise angezogen, seinen Schritt kontinuierlich beschleunigte. Ich hatte ihn erst wieder eingeholt, als er – wie es sich für einen Professor gehört – im vierten Versuch den richtigen Schlüssel gefunden hatte, um seine Bürotür zu öffnen. Höflich, wie er war, ließ er mir sogar den Vortritt ins »Allerheiligste«, wie ich zunächst der Annahme war. Diese sollte aber sofort korrigiert werden. Ich hatte kaum genug Zeit, mich hier umzusehen, ihn um die Größe seines Büros zu beneiden und ihn für den trostlosen Inhalt der unzähligen in den Regalen stehenden Bücher zu bedauern, als er mich in Richtung einer weiteren Tür schob. Diese war ebenfalls verschlossen. Bevor er sie öffnete, den Schlüssel – diesmal hoffentlich sofort den richtigen – schon in der Hand, erklärte er:

»Eigentlich dürfte ich dich hier gar nicht hereinlassen, zumindest musste ich dafür unterschreiben, diesen Raum geheim zu halten. Ich hoffe, es geht in Ordnung.«

Während ich noch überlegte, ob dieser letzte Satz eine Frage gewesen und diese an mich gerichtet war, hatte er die in Frage stehende Tatsache bereits geschaffen. Nach Betätigen des Lichtschalters und Übergang der zündungsunwilligen Leuchtstoffröhre von nervösem Flackern in den stationären Betrieb öffnete sich dem Blick ein kleiner Raum. Dieser hätte so unspektakulär gewirkt wie der Vorbereitungsraum eines Physiklehrers, wären auf dem Holztisch an der Wand, der gewöhnlich Spuren der Einwirkung chemischer, thermischer und elektrischer Energie aufweist, die üblichen Gegenstände zu finden gewesen: Eingestaubte Apparaturen und getarnte Gefäße mit alkoholischen Getränken. Hier stand etwas anderes: Ein ziemlich neuer IBM-PC.

Man muss für die Smartphone-Daddel-Generation zur Erläuterung hinzufügen: So etwas war zur damaligen Zeit in diesen geografischen Regionen eine echte Sensation. Zwar war der mikroelektronischen Industrie der DDR der Fortschritt bereits verordnet worden, bis aber ein halbwegs vergleichbares Erzeugnis aus eigener Produktion auf den Markt käme, würde noch mindestens ein Jahr vergehen. Und selbst dann würde das Gerät nicht auf den Markt kommen, sondern den entsprechenden Bedürftigen zugeteilt werden. Für den freien Verkauf war das Fertigungsvolumen nicht ausreichend.

Um diesem akuten Mangel abzuhelfen und um nicht den Anschluss an die internationale Informationstechnik zu verlieren, wurden entsprechende Geräte aus dem nichtsozialistischen Ausland beschafft. Dies war insofern schwierig, da einerseits mir richtigem Geld bezahlt werden musste, andererseits diese Technik auf der Embargo-Liste stand und nicht in Länder der sozialistischen Staatengemeinschaft exportiert werden durfte. Glücklicherweise fand man Händler auf der Gegenseite, die ihrem wirtschaftlichen System mehr verschrieben waren als ihrem politischen, soll heißen, die gegen Zahlung angemessener Schmiergelder und Zusicherung absoluter Vertraulichkeit diese Ware zu liefern bereit waren.

Ich muss an dieser Stelle eingestehen, dass die zuvor erwähnte »Sensation« für mich nur mittelbaren Charakter hatte, da ich nicht nur zu den Eingeweihten bezüglich der stabsmäßigen Beschaffung dieser Geräte zählte, sondern sogar selbst Zugang zu einem solchen hatte. Insofern konnte ich Tulök beruhigen, dass er dieses Geheimnis nicht unkontrollierter Verbreitung zugänglich gemacht hatte. In unserer Dienststelle wurde der Computer – so nicht als tippfehlertolerante Schreibmaschine von Laien-Stenotypisten missbraucht – aber nur zur Verwaltung von zu observierenden Adressen und abzuhörenden Telefonnummern verwendet. Offenbar war er, wie ich gleich erfahren würde, unter sachkundig geführter Hand zu weitaus höheren Aufgaben berufen.

»Pass auf, hieran arbeite ich seit einem halben Jahr«, erklärte Tulök, wobei er das Ding einschaltete und ein gewisser Stolz in seiner Stimme mitschwang.

Es dauerte nur Sekunden, bis die Maschine betriebsbereit war; einer der Vorteile dieser Gerätegeneration gegenüber der heutigen.

»Ist das ein Hobby von dir?«, fragte ich, nicht nur, um mir den Anschein von Interesse zu geben. In der Tat war meine Vorstellungswelt noch so begrenzt, dass ich den

Rechenschieber als das Mittel der Wahl für den Mathematiker angesehen hatte.

»So halb und halb«, entgegnete er darauf. »Es ist noch kein offizielles Forschungsprojekt, eher der Versuch, einen Anfang zu finden. Aber mit meiner Arbeit hat es schon irgendwie zu tun. Mein Arbeitsgebiet heißt ›Systemtheorie‹ und die versuche ich interdisziplinär anzuwenden, und zwar auf soziale Systeme. Das könnte ein künftiges wissenschaftliches Forschungsgebiet werden.«

»Klingt interessant.«

»Ist es auch. Aber es ist auch gefährlich.«

»Wieso?«

»Weil Wissenschaft nicht unbedingt die Ergebnisse liefert, die man erwartet oder erhofft.«

Während ich noch über seinen letzten Satz nachzudenken hatte, begann er, auf der Tastatur herumzuhämmern, bis sich auf dem Bildschirm etwas tat. Nach Abschluss der Aktion zeigte dieser eine stilisierte Weltkarte.

Aus heutiger Sicht wirkte die Darstellung äußerst bescheiden, dem angemessen, was eine alphanumerische Grafik auf einem Schwarz-Weiß-Monitor zu geben bereit ist.

»Was du jetzt sehen wirst, ist die Modellierung der Entwicklung der globalen Gesellschaftsordnung ab Beginn des 20. Jahrhunderts. Es ist erst ein Anfang, das Modell ist noch nicht vollständig. Es berücksichtigt die 80 wichtigsten Staaten, ihre geografische Lage, die Bevölkerungsentwicklung und soziale Struktur, ihr Nationaleinkommen, Stärke und Profil von Industrie und Landwirtschaft, internationale Handelsbeziehungen, ökonomische und militärische Konflikte und noch einige andere Faktoren, leider im Moment nicht alle. Auch enthält es noch einige empirische Parameter, mit denen das Modell so angepasst wurde, dass es die Entwicklung in der Vergangenheit einigermaßen korrekt beschreibt. Diese müssen noch wissenschaftlich analysiert und verstanden werden. Dennoch ist das Ergebnis, das sich mit dieser noch simplen Version erzielen lässt, schon beeindruckend. So, ich starte jetzt die Simulation.«

Er drückte wieder einige Tasten und ich beobachtete gespannt den Bildschirm. Zunächst tat sich wenig, an einigen Stellen flackerte die Karte etwas. Er nutzte die Zeit, um Erläuterungen zu geben.

»Die dunklen Bereiche auf der Karte sind feudalistische und kapitalistische Staaten, weiße sind sozialistische und kommunistische Staaten.«

Für den Augenblick war die Karte noch schwarz. Dann begannen sich einige der flackernden Stellen in weißer Farbe zu stabilisieren, andere folgten rasch, bis nach kurzer Zeit die Karte ganz weiß war.

»Der Sozialismus siegt, wie wir es immer gesagt haben«, jubilierte ich. Seine Antwort war vergleichsweise trocken: »Wir machen hier keine Propaganda, sondern Wissenschaft. Und das, was du gerade gesehen hast, war ein Modell, das auf Marx' Theorie beruht. Jetzt probieren wir etwas anderes.«

Er setzte die Simulation zurück und startete sie erneut, nachdem er einige Eingaben gemacht hatte.

»Jetzt bringen wir Lenin ins Spiel.«

Es dauerte diesmal nur einen kurzen Moment, bis sich der erste weiße Fleck auf der Karte zeigte. Fleck war zu wenig gesagt, es war ein großer Bereich, dort gelegen, wo jeder geografisch halbwegs gebildete Mensch richtigerweise die UdSSR verortet hätte. Und dieser weiße Bereich begann sich auszudehnen. Wieder drückte Tulök eine Taste und erläuterte:

»Ich habe die Simulation unterbrochen, sodass wir uns den Stand ansehen können. Dieser entspricht den heutigen Verhältnissen. Wie du siehst, gibt es noch kleinere Abweichungen. Hier zum Beispiel fehlt Kuba in der sozialistischen Staatengemeinschaft, dafür hat die Simulation Finnland und Österreich zugeschlagen. Ein bisschen Feinarbeit ist noch notwendig. Ich lasse es jetzt weiterlaufen, damit wir sehen können, was für die Zukunft prognostiziert wird.«

Ich starrte gebannt auf den Bildschirm, aber es tat sich nichts mehr. Tulök bemerkte meinen fragenden Blick und erklärte:

»Ja, die Simulation läuft noch.«

Er wartete noch eine Minute, während der sich keine Veränderung mehr ergab. Dann schaltete er die Maschine aus. Ich fiel in schweigsames Nachdenken.

6

»Was wirst du in deinem Bericht fürs Ministerium schreiben?«, fragte er, während ich meinen etwas zu zähen Sauerbraten zu tranchieren begann. Wir waren in dieses kleine Lokal eingekehrt, nachdem die Demonstration von Tulöks fachlicher Qualifikation für beendet erklärt worden war und wir deren Austragungsort hinter uns gelassen hatten. Zwar mangelte es mir aktuell noch an Hunger, an Appetit oder an beidem, dennoch hatte ich mich Tulök angeschlossen. Was sonst hätte ich auch tun sollen? Immerhin bot eine solche Beköstigung einen würdigen Rahmen für das Fassen von Gedanken und gegebenenfalls auch für deren Austausch. Und je größer die Geringschätzung, mit der man bei solcher Gelegenheit der kulinarischen Ablenkung begegnet, desto stärker die eigene Position, mit der man sich sein Gegenüber gefügig macht.

Die Mittagszeit war gerade angebrochen, weshalb wir die ersten Gäste hier waren. Vielleicht waren wir auch die einzigen, was dann wiederum am Essen gelegen haben könnte. Jedenfalls waren wir ungestört – das Servicepersonal verhielt sich gewohntermaßen unaufdringlich; wahrscheinlich war man noch damit beschäftigt, die Flecken in die Tischtücher zu machen, bevor diese aufgelegt wurden. So ergaben sich beste Voraussetzungen für den Disput, Tulöks eingangs zitierte Frage als dessen Einleitung zu vermuten sich als richtig erweisen sollte.

Die Frage selbst blieb zunächst unbeantwortet im Raum schweben, was deren Initiator geduldig ertrug; wahrscheinlich hatte er sie ohnehin nicht in erster Linie deshalb gestellt, um eine Antwort zu erzwingen. Mein Geist war noch nicht wieder in Gänze anwesend, zu tief saß noch der Eindruck, der mich eine Stunde zuvor überkommen hatte. Ich brütete meinerseits über einer anderen Frage, nämlich der, ob Tulök mir irgendetwas einreden wollte, um sich aus der Verantwortung für sein Tun zu mogeln. Ich entschied für mich, dass dies nicht der Fall sein konnte. Ich muss zugeben, dass ich zu wenig mathematisches wie informationstechnisches Genie besaß, als dass ich eine technische Bewertung dessen hätte vornehmen können, was mir offenbart worden war. Doch ich kannte Tulök gut genug, um die Möglichkeit, er könne die Sache manipuliert haben, jenseits aller Denkbarkeit zu verweisen. Gewiss, die Arbeit war noch im Entstehen begriffen, wie er aus freien Stücken erklärt hatte, aber ich war der Überzeugung, dass er mit der von ihm immer wieder eingeforderten mathematischen Präzision vorgegangen war und dies auch weiterhin tun würde. Und das Ergebnis zeigte eine eindeutige Tendenz: Wir steckten in einer Sackgasse.

Niemand hatte es sehen wollen, obwohl es eigentlich offensichtlich war. Die Ablösung des Kapitalismus durch den Sozialismus/Kommunismus in der Welt war ins Stocken geraten. Die Oktoberrevolution in Russland hatte, zumindest was die flächenmäßige Ausdehnung der sozialistischen Staaten betrifft, den wesentlichen Beitrag geliefert, wobei wohl bislang noch niemand den Klassenstandpunkt eines Eisbären in der Tundra überprüft hatte. Im Ergebnis des Zweiten Weltkrieges waren dann einige Staaten hinzugekommen, deren Beitrag zur Bilanz noch als signifikant einzuschätzen war. Aber seitdem? Kuba, bei China konnte man sich noch nicht sicher sein, der eine oder andere afrikanische Staat, der mit unserer Philosophie liebäugelte, aber nichts Handfestes mehr. Geschweige denn, dass sich einer der starken kapitalistischen Staaten irgendein Anzeichen für einen bevorstehenden Systemwechsel gab. Der Prozess hatte sich zumindest so sehr verlangsamt, dass man keinen linientreuen Dogmatiker auf diesen Missstand hätte aufmerksam machen dürfen, ohne dem zuvor erwähnten Eisbären zum Fraß vorgeworfen zu werden.

Ich muss gestehen, dass ich bis zu diesem Tag in festen Denkmustern verhaftet gewesen war, die nicht hinterfragt werden durften. Unter anderen Umständen hätte ich Tulöks Tun als verdächtig eingestuft und demzufolge im austreibenden Keim ersticken müssen. Aber, so ungern ich es zu diesem Zeitpunkt hätte zugeben wollen, Tulöks Arbeit war im Begriff, mich zu überzeugen; möglicherweise war er damit auf dem richtigen Weg. Auch wenn deren prognostiziertes Ergebnis den treuen Klassenkämpfer zumindest für den Moment ernüchtert hatte, überkam mich so etwas wie Begeisterung. Tulök würde uns ein Werkzeug in die Hand geben, das unsere Bestrebungen auf eine völlig neue Grundlage stellen könnte. Weg von den antiquierten Folter- und Propagandamethoden. Eine fortschrittliche Gesellschaftsordnung mit Mitteln der modernen Wissenschaft durchsetzen, das wäre doch etwas. Zum ersten Mal seit langer Zeit überkam mich so etwas wie Begeisterung für die Sache, die ich zu vertreten hatte.

»Die Vorstellung war schon beeindruckend«, gab ich schließlich zu. »Sollte sich dieses Ergebnis bestätigen, müssen wir wohl alle umdenken.«

Mir war klar, dass es meine dienstliche Stellung eigentlich nicht erlaubte, selbst zu denken. Blind Befehle befolgen, das war meine Aufgabe. Dennoch spürte ich, dass Tulök auf etwas Bedeutsames gestoßen sein könnte, weshalb ich hinzufügte:

»Und sei unbesorgt, mein Bericht wird für dich positiv ausfallen. Ich sehe ja, dass du zu unserer Sache stehst, vielleicht sogar mehr als die meisten anderen. Bleibe da bitte dran. Und wenn es etwas Neues gibt, dann informiere mich sofort.«

»Du weißt hoffentlich, worauf du dich dabei einlässt?«

Ich war etwas verwirrt. Diese Frage schien seine erste in ebensolche zu stellen.

»Was willst du denn nun von mir, Fürsprache oder eine Anzeige?«

»Ich will, dass du tust, was du für richtig hältst. Und damit meine ich, was nach deiner inneren Überzeugung richtig ist, nicht was die Linie der Partei von dir verlangt. Ich möchte dich nicht in Schwierigkeiten bringen, aber genau das könnte passieren, solltest du weiterhin zu mir stehen.«

»Wie lange sind wir Freunde?«

»Fünfzehn Jahre, drei Monate, zwölf Tage, aber das tut nichts zur Sache. Was ich tue, das muss ich tun, und ich weiß, dass es vielen Leuten, die es nicht verstehen, gegen den Strich geht. Ich kann mir damit große Unannehmlichkeiten einhandeln und jedem, der mich unterstützt, kann es ebenso ergehen.«

Ich musste in diesem Moment wohl etwas verunsichert gewirkt haben, was aber nur an der von ihm gewählten Formulierung bezüglich der Zeitspanne gelegen hatte; diese war seiner eigentlich unwürdig. Im Regelfall entgeht denjenigen Menschen, die sich in einer solchen temporalen Determiniertheit auszudrücken pflegen und glauben, damit besonders genau zu sein, dass eine derartige Zeitangabe alles andere als dessen ist, da weder ein Jahr noch ein Monat, zumindest in kalendarischer Bemessung, eine exakte Zeiteinheit darstellt. Und natürlich war ihm das klar. Ich bin mir auch sicher, dass er im Gespräch mit seinesgleichen das betreffende Zeitintervall in Schwingungsperioden des Cäsium-Atoms umgerechnet hätte. Aber er wollte mich wohl nicht überfordern, weshalb ich im Gegenzug denselben Verzicht übte und mich verbindlich gab.

»Wenn sich aber deine Theorie als richtig herausstellt?«

»Das spielt keine Rolle. Gegen Ideologie helfen keine sachlichen Argumente. Erinnere dich daran, wie unser gestriges Gespräch geendet hatte, und dabei sind wir Freunde. Wie hätten wohl andere reagiert?«

»Meinst du nicht, dass man die überzeugen kann? Schließlich haben wir doch alle ein gemeinsames Ziel.«

»Vielleicht ist das mal so gewesen. Aber ich habe den Eindruck, dass es inzwischen für so manchen wichtiger ist, das Gesicht zu wahren. Und außerdem…«

Er hielt inne, um einen fragenden Blick von mir zu provozieren. Dann sprach er weiter.

»Was ich dir vorhin gezeigt habe, mag eine gewisse Überzeugungskraft haben, aber wenn man die Wahrheit in Worte fasst, klingt sie ziemlich drastisch. Wir sind dabei, alles gegen die Wand zu fahren. Wir wollten alles richtig machen und haben so viel falsch gemacht.«

»Aber was hätten wir anders machen können?«

»Wir haben uns auf den Wettstreit der Systeme eingelassen, und das unter äußerst ungünstigen Bedingungen, so

ungünstig, dass es sich überhaupt nur ideologisch rechtfertigen lässt. Mit dem Ergebnis, dass wir die Paranoia,
hinter jedem Baum den Klassenfeind zu vermuteten,
entwickelt und uns auf diese Weise regelrecht isoliert
haben.«

»Aber mit dem Gegner gemeinsame Sache zu machen,
das geht doch schließlich auch nicht«, bemühte ich mich,
soweit ich konnte, die Position der Genossen in Berlin zu
vertreten.

»Das ist wohl richtig, aber wir selbst haben festgelegt,
wer Gegner ist. Mit unserer fundamentalen Einstellung
›Wer nicht für uns ist, ist gegen uns‹ haben wir uns Gegner erst geschaffen, die eigentlich auf derselben Seite wie
wir hätten stehen können.«

Die präzise mathematische Logik, mit der das Gehirn
dieses Mannes arbeitete, war unwiderstehlich, jedenfalls
dann, wenn man sich diese zu verstehen bemühte. Ich tat
es, vielleicht, weil ich sein Freund war, vielleicht, weil ich
im Unterbewussten seine Einstellung teilte. Sicher hingegen war ich mir bezüglich der Tatsache, dass an den entscheidenden Positionen in Berlin Leute saßen, die eine
andere Sichtweise auf die Dinge bevorzugten und sich
einer solchen Person nur allzu bereitwillig entledigt hätten.

7

Der Bericht über Tulök, der an meine Vorgesetzten gehen würde, war fertig. Glücklicherweise war es mir gelungen, mir vor dessen Verfassung eine eigene Meinung zu bilden, die bei dieser zugegebenermaßen nicht ganz leichten Arbeit eine wertvolle Hilfe gewesen war. Normalerweise hätte es lediglich einen Akt bürokratischer Routine dargestellt, ein solches Schriftstück aufzusetzen; hunderte Male zuvor war mir das leicht von der Hand gegangen. Jedes Mal war ich davon überzeugt gewesen, damit eine große Tat für unsere sozialistische Gemeinschaft zu vollbringen, ohne einen Gedanken darauf zu verwenden, welche Folgen das im einzelnen Fall für das einzelne Individuum haben würde. Bislang zählte das einzelne der Individuen nicht, sondern nur deren Bruderschluss im tagtäglichen Kampf für das gesamtgesellschaftliche Vorankommen. Und wer aus der Einheitsfront ausscherte, lief nun einmal Gefahr, von dieser überrollt zu werden. Doch plötzlich war alles anders, ergab sich die Notwendigkeit, allen Seiten gerecht zu werden, und dazu war höchste Diplomatie von Erfordernis. Ich hatte meinem Freud mein Wort gegeben, ihm keine Lampe zu bauen, und daran hatte ich mich gehalten, nicht nur, weil er mein Freund war, sondern in der Hauptsache, weil er mich überzeugt hatte. Auch meinen Vorgesetzten in Berlin wäre es alles andere als recht gewesen, Tulök als Querulanten zu identifizieren. Immerhin war er beinahe so etwas wie »systemrelevant«. Er war ein genialer Kopf von internationaler Anerkennung. Vielleicht setzte man sogar darauf, dass er sich eines Tages für den Nobelpreis qualifizieren würde. Ihm – um es vorsichtig auszudrücken – die Gunst zu entziehen hätte einen schweren Imageschaden zur Folge haben können. Wie schon erwähnt, sich eines solchen Mannes klammheimlich zu entledigen, war nicht machbar. Die Alternative hätte darin bestanden, ihn aus der Staatsbürgerschaft zu entlassen, auf dass sich der Klassenfeind mit seinem künftigen Nobelpreis hätte brüsten können.

Nein, so war es am besten für alle, mich eingeschlossen, denn auch ich stand ziemlich dicht an der Kante. Wenn Tulök fiele, würde auch ich fallen, wahrscheinlich aber in ein tieferes und finstereres Loch als er. So hatte ich also meine gesamten angesammelten Fähigkeiten im Dreschen von Phrasen aufgewendet, um eine Bewertung seiner Person und deren Klassenstandpunktes zusammenzustottern, die allen beschriebenen Ansprüchen gerecht wurde. Ich erklärte ihn zu einem zuverlässigen Genossen und Mitstreiter im Klassenkampf, dessen herausragender Intellekt ihn nach neuen Wegen suchen lässt, in diesem Kampf zu bestehen. Auch wenn wir im Moment nicht alle seine Gedanken verstehen, sollten wir ihm jede Unterstützung zuteilwerden lassen, da wir in der sich zuspitzenden internationalen politischen und ökonomischen Lage darauf angewiesen sein werden. Und außerdem blabla.

Der Bericht hatte die angestrebte Wirkung nicht verfehlt. In Berlin war man erleichtert, insofern sich die Angelegenheit in der Weise beruhigt hatte, dass keine unmittelbaren Maßregelungen die Konsequenz hätten sein müssen. Auch für mich hatte dieser Auftrag einen Ausgang im Sinne höchster Zufriedenheit genommen. Ich erhielt eine dienstliche Belobigung, welche meinem reichen Erfahrungsschatz zufolge bei beanstandungsfreier künftiger Führung meiner Amtsgeschäfte zwingend in eine Beförderung münden musste. Zumindest hatte ich meine Position gefestigt. Man würde sich meiner zu bedienen haben, sollten weiterhin Maßnahmen erforderlich sein, Tulök bei der Stange zu halten.

So war ich für den Moment beruhigt. Allerdings gab es Dinge, die mir meine Vorgesetzten verheimlicht hatten und die mich, falls ich darum gewusst hätte, in Beunruhigung versetzt hätten.

8

Wie schon erwähnt, hatte ich zum damaligen Zeitpunkt mit elektronischer Rechentechnik nicht viel am Hut. So war es mir unmöglich gewesen, Tulöks Arbeit bezüglich ihrer Qualität oder der zugrundeliegenden Geistesanstrengung einzuschätzen. Später sollte sich das ändern. Nicht nur, dass mich diese in rasanter Entwicklung befindliche Technologie faszinierte, auch musste ich einen Weg finden, das eben erwähnte Manko zu überwinden. Ich war Tulök quasi »zugeteilt« worden, soll heißen, es war meine Aufgabe, seine Tätigkeit im Auge zu behalten und auf Anzeichen staatsgefährdender Umtriebe zu achten. Da er sich mit Dingen befasste, die niemand verstand, irgendwie verständlich. Die Alternative wäre gewesen, ihm solches Tun zu untersagen, im Zweifelsfall sogar sein Arbeitsgerät zu konfiszieren; das aber wagte man auch nicht, da sich seine Arbeit noch als nutzbringend erweisen konnte. Demzufolge war es an mir, seine diesbezüglichen Aktivitäten und deren Vorankommen zu dokumentieren. Dazu machte es sich zwingend erforderlich, mich in diese komplizierte Materie einzuarbeiten. Leicht war das nicht, da die zur Verfügung stehenden Mittel limitiert waren. Immerhin bekam ich einen PC nur zu meiner eigenen Verwendung und einen Stapel Bücher aus dem Verlag Technik und dem Militärverlag der DDR, die das zu erschließende Fachgebiet zwar im Allgemeinen, nicht aber im Speziellen behandelten. Ich durfte an einem Grundlagenkurs teilnehmen, der bestenfalls einen Einstieg in das Thema bot, eine weiterführende Bildung aber der Eigeninitiative überließ. Zumindest konnte ich durchsetzen, dass man mir einschlägige Literatur vom westdeutschen Büchermarkt beschaffte. Diese beinhaltete nützlichere Informationen als die obligatorische Lobpreisung der Errungenschaften sowjetischer Rechentechnik, auf die kein in der nationalen Verlagswelt erschienenes Werk verzichten wollte oder konnte.

Die Voraussetzungen waren also alles andere als günstig. Der Vorteil dieser Konstellation bestand aber darin, dass ich gezwungen war, allein zurechtzukommen. So werden Experten gemacht. Bevor Sie fragen: Nein, ein Internet gab es damals noch nicht, und nein, ich würde nicht wagen, mich einen Experten zu nennen. Aber immerhin bekam ich einen Zugang zu dem, was Tulök als sein Hobby bezeichnete. Und mit diesem Wissen muss ich sagen: Tulök hat erstklassige Arbeit geleistet. Aus heutiger Sicht waren die damalige Spitzen-PC bessere Taschenrechner, 640 kByte RAM, 20 MByte Festplatte, immerhin bereits vorhanden, das alles bedient von einem 16-Bit-Prozessor mit 8 MHz Taktfrequenz. Das würde heutzutage nicht einmal ausreichen, um einen Bildschirmschoner zu installieren. Umso beeindruckender war, was Tulök aus einer solchen Maschine herausholte. Dennoch kam es immer wieder zu Situationen, in denen sich diese Beschränkungen offenbarten. Weitaus problematischer waren aber jene Situationen, in denen sie sich nur scheinbar offenbarten, weil man die zugrundeliegenden Probleme noch gar nicht auf dem Schirm hatte.

Eine solche zu erleben, war ich im Folgejahr gezwungen. Sie führte mir exemplarisch vor Augen, was Tulök damit meinte, dass Wissenschaft nicht unbedingt die Ergebnisse liefert, die man wünscht; für mich, der ich mich nur als

Wissenschaftler fühlen durfte, weil sich irgendjemand mal den Begriff »wissenschaftlicher Kommunismus« ausgedacht hatte, eine lehrreiche Erfahrung.

Das Jahr 1986 sollte das Jahr des XI. Parteitages werden. So ein Ereignis war immer wie ein Blitz im Hühnerstall. Kurzzeitig flogen alle energiegeladen durch die Luft, um anschließend tot in der Ecke zu liegen, soll heißen, alle waren im Vorfeld wieder einmal voller Euphorie, die hoffte, im Nachfeld nicht sofort wieder aufgelöst zu werden. Immerhin standen bedeutsame Beschlüsse an, die das Lebensniveau der Werktätigen auf die nächste Stufe hieven sollten. Dass die dafür notwendigen Maßnahmen nur mit geborgtem Geld vom Klassenfeind zu finanzieren waren, danach fragte in diesem Moment niemand. Ein schwieriges Problem betrachtet man nur allzu gern bereits dann als gelöst, wenn es nur irgendjemanden gibt, der diese Lösung herbeiführen könnte.

Die sich unter den Genossen ausbreitende Euphorie hatte auch vor mir nicht haltgemacht, wenngleich die Bedingungen andere waren. Bei mir wurde sie nicht von vagen Hoffnungen ausgelöst, die keiner mathematischen Simulation standhalten konnten, sondern von dem Umstand, dass diese Simulation offenbar den nächsten Entwicklungsschritt genommen hatte. So jedenfalls hatte es mir Tulök bei unserem jüngsten Telefonat mitgeteilt, in dem er meiner Aufforderung nachgekommen war, mich über den Stand der Dinge auf dem Laufenden zu halten.

»Kannst du kommen?«, hatte er gefragt.

»Was gibt es denn?«

»Einige Verbesserungen, die ich dir zeigen möchte.«

»Bin schon unterwegs.«

»Wenn du heute noch kommst, dann treffen wir uns in meinem Büro. Du findest dich ja hin.«

Mein Notfallgepäck hatte ich immer griffbereit, sodass ich mich sofort auf den Weg machen konnte.

»In drei Stunden bin ich da.«

»Gut, ich starte schon einmal.«

Diesen letzten Satz von ihm hatte ich mit meinem damaligen beschränkten Wissen noch nicht verstanden. Heute ist mir klar, was er damit meinte.

Er hatte die Simulation so weit verbessert, dass sie nun alle Staaten auf dem Globus berücksichtigte. Auch hatte er die Algorithmen verfeinert – die anfängliche Ungenauigkeit bezüglich Kuba, Österreich und Finnland war nun korrigiert. Das alles hatte aber dazu geführt, dass die Berechnung komplexer und vor allem zeitaufwändiger wurde. Mal eben loslegen wie bei seiner ersten Demonstration, das ging nicht mehr. Die Rechnung würde auf jeden Fall mehrere Stunden in Anspruch nehmen. Auch war es aufgrund der Menge der erzeugten Daten nicht möglich, irgendwelche Zwischenresultate zu speichern. Endergebnisse speicherte er allerdings auch nicht, was wohl mit seinem gesunden Misstrauen zusammenhing. Ein Endergebnis ohne Dokumentation des Lösungsweges – was aus beschriebenen Gründen noch nicht funktionierte – war für ihn als Mathematiker wertlos. Zu leicht hätte es können manipuliert worden sein, weshalb er in dieser Phase der Entwicklung nur dem traute, was sein Computer aktuell anzeigte. Außerdem war er bis zu diesem Zeitpunkt daran gewöhnt, dass er, um ein Resultat zu erzeugen, einfach die Simulation zu starten und einige Minuten zu warten hatte. Da aus Minuten inzwischen Stunden geworden waren, musste er einen Weg finden, dieses Problem zu lösen. Später hatte er das auch getan; für den Moment aber war er noch nicht so weit. Aus diesem Grund hatte er die Simulation sofort gestartet, damit bei meinem Eintreffen das Ergebnis möglichst schon vorläge. Soweit meine heutigen Erkenntnisse, damals mangelte es mir noch an diesem Verständnis der Dinge.

Leider war nicht nur die Rechentechnik Einschränkungen unterworfen. Für andere Technik galt das auch, wie ich schmerzhafterweise zu erfahren gezwungen war. Auf halbem Weg nach Leipzig hatte ich eine Panne mit meinem Wagen. Da es selbst für Mitarbeiter des Ministeriums in der damaligen Zeit nicht immer möglich war, sofort in den Genuss einer Reparatur oder gar eines Ersatzfahrzeuges zu kommen, würde ich Leipzig an diesem Tag nicht mehr erreichen. Zwar tat man in der Werkstatt, in die ich freundicherweise abgeschleppt worden war, das Möglichste, aber ein Ersatzteil war frühestens am nächsten Morgen zu beschaffen. So verbrachte ich die Nacht in einem Dorfgasthof, der über ein Telefon verfügte, sodass ich Tulők informieren konnte. Er sagte mir, dass ich ihn am nächsten Tag, wieder ein Sonnabend, in seiner Wohnung abholen solle.

Um zehn Uhr am nächsten Morgen war mein Wagen wieder einsatzfähig, begünstigt auch durch den Umstand, dass ich für derartige unvorhergesehene Ereignisse mit einem gewissen Geldbetrag in Valuta ausgestattet war. Gegen Mittag erreichte ich Tulöks Wohnung und wir machten uns sofort auf den Weg.

Sein Büro war mir ja inzwischen bekannt und auch der kleine, stets verschlossene Raum, der sich dahinter befand. Der PC stand an seinem Platz und zeigte das mir bekannte Bild auf dem Monitor, das mit seinen in schwarz dargestellten Länderflächen signalisierte, dass die Simulation startbereit war; so jedenfalls meine Einschätzung.

Eigentlich hatte ich erwartet, dass Tulök die notwendigen Handgriffe tut, um die Berechnung zu starten, er aber stand nur verdutzt da und sah unschlüssig aus.

»Können wir beginnen?«, fragte ich ebenso unschlüssig, da ich ja nur zu dem Zweck hergekommen war, mir das hier anzusehen.

»Irgendetwas stimmt nicht«, sprach er, ohne einen Handgriff an der Maschine zu tätigen.

»Was stimmt nicht? Warum können wir nicht starten?«

»Was nicht stimmt, weiß ich nicht. Und starten können wir nicht, weil die Simulation bereits läuft.«

»Sie läuft?«

»Ja. Da eine Rechnung jetzt mehrere Stunden dauert, habe ich sie gestartet, gleich nachdem ich dich hergebeten hatte. Als du mir mitgeteilt hast, dass du gestern nicht mehr kommen könntest, war sie etwa zur Hälfte fertig und schien ohne Probleme zu arbeiten. Da sie inzwischen sehr zeitaufwändig ist, habe ich sie nicht abbrechen wollen und deshalb einfach weiterlaufen lassen, in der Hoffnung, dass wir heute ein Ergebnis haben. Aber irgendetwas hat wohl nicht funktioniert. Wir müssen sie neu starten.«

»Vielleicht ein Stromausfall?«, versuchte ich aus meinen laienhaften technischen Kenntnissen einen wertvollen Beitrag zur Auflösung des Rätsels zu generieren.

»Das kann es nicht gewesen sein. Wenn der Strom ausfällt, geht auch der Rechner aus, das ist klar. Kommt er später wieder, würde sich zwar der Rechner auch wieder einschalten, aber nicht automatisch das Simulationsprogramm ausführen. Das muss von Hand gemacht werden.«

»Was könnte es dann gewesen sein?«

»So einfach lässt sich das nicht sagen. Möglicherweise ein Speicherfehler oder ein Speicherüberlauf im Rechner. Vielleicht auch ein Fehler im Programm. Ich hatte gestern noch einige Änderungen daran vorgenommen. Wir können nur einen erneuten Test machen und sehen, wie es sich verhält. Aber das dauert, wie schon gesagt, einige Stunden.«

»Wir könnten in der Zwischenzeit etwas essen.«

»Guter Vorschlag.«

9

Zur Feier des Tages hatte ich mir Königsberger Klopse bestellt. Da Tulök sich dieser Wahl unbesehen anschloss, obwohl er sich von Geburt an eher für Szegediner Gulasch zu begeistern wusste, kam bei mir der unterschwellige Verdacht auf, dass die Enttäuschung, die wir bei Eintreffen in seinem Büro zu erleben gezwungen waren, am heutigen Tag nicht die einzige und vielleicht auch nicht die schwerste sein würde. Zur Erläuterung und zum Verständnis meiner Lage muss ich Folgendes anführen:

Nach meinem ersten Bericht über ihn, den ich für das Ministerium verfasst hatte, ließ man mir, was den Umgang mit ihm anging, zunächst freie Hand. Man wusste, dass man sich auf mich verlassen konnte, zudem schien im Ministerium niemand Verantwortung übernehmen zu wollen für etwas, das so weit über die eigene Erkenntnisfähigkeit hinausging. So hatte ich bislang weder dem Wunsch noch dem Zwang unterlegen, Details zu Tulöks Arbeit in Berlin vorzutragen. Dort war man für den Moment von anderen Sorgen getrieben, das konnte sich aber schnell ändern. Insofern war es mir inzwischen zum Anliegen geworden, seine Arbeit auch bezüglich deren Inhaltes detailliert vorzustellen in der Lage zu sein. Doch dazu war es zunächst erforderlich, sie auf einen vorzeigbaren Stand zu bringen, sie – um es so auszudrücken – aus dem Hobbykeller herauszuholen und im Labor anzusiedeln. Und hier schließt sich der Teufelskreis. Um aus diesem »Hobby« eine finanzierte Forschungsarbeit zu machen, wurden Ergebnisse benötigt, die einen solchen Schritt rechtfertigten. Dass mich Tulöks erste Demonstration aus dem Vorjahr überzeugt hatte, ließ mich dennoch nicht dem Irrtum verfallen, es würde bei den Genossen in Berlin ebenso einfach funktionieren. Denen zu erklären, dass ein »unfehlbares« Gerät, das zu allem Überfluss auch noch nichtsozialistischer Herkunft war, ihre Bemühungen im Kampf um die Überwindung des globalen Kapitalismus als vergeblich einschätzte, wäre mindestens ebenso vergeblich gewesen. Nach meiner Bewertung der Dinge bestand Tulöks einzige Chance, Anerkennung zu finden, darin, dass die Simulation das gewünscht Ergebnis einschließlich der Informationen, wie dieses in der Realität zu erzielen sei, lieferte. Der erste Schritt auf diesem Weg wäre jener – so weit hatte ich die Sache zu diesem Zeitpunkt verstanden –, dass das Modell für die Simulation ausreichend präzise wäre und diese stabil funktionierte.

Als mir Tulök am Vortag mitgeteilt hatte, dass es Fortschritte gab, war ich in die Zuversicht verfallen, dass die Früchte der Arbeit in greifbare Nähe gerückt wären. Umso größer war meine Enttäuschung gewesen, dass die Simulation offenbar doch noch nicht stabil war. Dieses Problem musste unbedingt gelöst werden, bevor man eine erste Demonstration in erweiterter Öffentlichkeit wagen durfte. Obwohl ich meine Enttäuschung zu verbergen versuchte, war ich mir sicher, dass Tulök diese nicht entgangen war. Zum einen war er hinreichend intelligent, um meine Aufgabe und die darum kreisenden Gedanken zu durchschauen, zum anderen war er wohl seinerseits gezwungen, diese Enttäuschung zu teilen. Mit einer solchen Panne bei der Vorführung hatte er nicht gerechnet, das jedenfalls war aus dem Umstand zu folgern, dass wir unser Essen in traulicher Schweigsamkeit einnahmen.

Erst als wir geendet hatten und das inzwischen eingetretene Sättigungsgefühl im antagonistischen Widerspruch zu der Tatsache stand, dass wir mindestens noch eine Stunde warten mussten, bis der Computer mit seiner Arbeit fertig sein würde, entwickelte sich ein Gespräch.

»Ich werde herausfinden, woran es gelegen hat«, versprach er, als hätte er meine Gedanken während der stummen Nahrungsaufnahme belauscht.

»Wäre gut, wenn das gelingt. Irgendwann benötigen wir Ergebnisse, die wir an entsprechender Stelle vorführen können.«

»Das ist mir klar. Und eigentlich glaubte ich, es wäre so weit. Ich habe die Simulation viele Male laufen lassen, aber ein solches Problem ist bislang nicht aufgetreten. Möglicherweise hängt es mit den letzten Änderungen an den Simulationsparametern zusammen. Ich werde das untersuchen.«

Damit hatte das kurze Gespräch einen Stand erreicht, bei dem ich zu keiner fachlich sinnvollen Fortsetzung mehr befähigt war. Wir machten noch einen Spaziergang, der zwar nicht in Schweigsamkeit verlief, auf dem aber nur über belanglose Dinge gesprochen wurde, die zum Verständnis der Geschichte keinen Beitrag liefern und an die ich mich ohnehin nicht mehr erinnern kann. Wir richteten es so ein, dass wir zur vorausberechneten Zeit Tulöks Büro erreichten.

War unser beider Enttäuschungsstatus bei unserem ersten Besuch hier und heute noch auf ähnlichem Niveau angesiedelt, war dies gerade im Begriff, sich zu ändern.

Der Bildschirm zeigte weitestgehend jenes Bild, das mir als Resultat der Berechnung bereits bekannt war. Wie schon erwähnt, ein solches Ergebnis würde meine Vorgesetzten gar nicht und mich selbst nicht auf Dauer zufriedenstellen können. Bei Tulök hingegen schien es der Fall zu sein.

»Sieht so aus, als hätte es jetzt funktioniert«, gab er sich erleichtert.

»Und was ist jetzt besser als zuvor?«, fragte ich kritisch.

»Nun, das Modell ist komplexer und präziser geworden. Falls du dich noch erinnern kannst, wurde zuerst nur ein Teil der Länder berücksichtigt. Außerdem gab es Abweichungen in der Simulation der aktuellen Verhältnisse. Das ist jetzt beseitigt.«

»Gut, aber das Ergebnis entspricht noch nicht dem erhofften.«

»Wie gesagt, Wissenschaft liefert nicht immer das Ergebnis, das man sich wünscht.«

»Aber die Genossen in Berlin werden sich damit nicht zufriedengeben.«

»Nichts überstürzen. Wir werden streng wissenschaftlich vorgehen. Wichtig ist, dass wir ein konsistentes und stabiles System erzeugen, das reproduzierbare und verlässliche Ergebnisse liefert und das auf Änderungen in den Eingangsgrößen nachvollziehbar reagiert. Wenn wir das haben, dann können wir mit den Parametern spielen und sehen, ob und wie sich das gewünschte Ergebnis erzielen lässt. Und wenn es sich nicht erzielen lässt, dann können wir es nicht ändern. Wir können die Realität nicht verbiegen, auch wenn das manch einem gelegen käme.«

Auch wenn – oder gerade weil – ich nur jedes zweite Wort seiner Ausführungen verstanden hatte, fühlte ich mich irgendwie beruhigt. Wenn es jemanden gab, der dieser Aufgabe gewachsen war, dann er.

10

Ich war mit gemischten Gefühlen nach Berlin zurückgereist. Irgendwie schien sich Tulöks Arbeit zu entwickeln, ob allerdings in die gewünschte Richtung, das würde sich noch zeigen müssen. Glücklicherweise interessierte sich in der oberen Führungsetage im Moment niemand für die unausgegorenen Ansichten eines Provinzphilosophen, sei er auch noch so versiert in seinem Fachgebiet. Schließlich stand demnächst ein Parteitag an, der politisch, organisatorisch und propagandistisch vorbereitet sein wollte. Doch damit nicht genug. Der Generalsekretär der KPdSU hatte sich als Gast angekündigt, was in diesem Fall eine erhöhte Aufmerksamkeit erforderte, denn in dieses Amt war erst kürzlich ein gewisser Michail Gorbatschow gewählt worden. Jenem war es gelungen, den einheitsparteilichen Kreisel gehörig ins Taumeln zu bringen, als er auf dem 27. Parteitag der seinigen Partei, der gerade einmal zwei Monate vor demjenigen der SED stattfand, Dinge verkündete, die einen gewaltigen Knoten in die internationalistische Bruderfront schnürten. Man war sich unsicher, ob man daraufhin die eigene Linie zu korrigieren hätte oder den im jahrzehntelangen, weltkriegsgestählten Klassenkampf verbundenen Freunden aus dem Osten beistehen und behilflich sein sollte, sich dieses von Flausen getriebenen Jungspundes zu entledigen. Auf jeden Fall war der Vorgang »Tulök« zunächst aus dem Fokus gewandert, so jedenfalls hatte es den Anschein.

Das mit dem »Anschein« drücke ich bewusst so aus, denn ich habe bis heute über gewisse Dinge keine Klarheit und werde sie wohl auch nicht mehr erlangen. Deshalb habe ich mich damals nicht dazu geäußert und werde es auch heute nur mit äußerster Vorsicht tun. Was ich weiß ist, dass Tulök im Januar 1986 auf einem Kongress in Moskau gewesen ist. Was er dort genau gemacht hat, mit wem er worüber gesprochen hat, weiß ich nicht. Auch weiß ich nicht, ob er vielleicht noch Verbindungen zu einflussreichen Personen aus seiner dortigen Tätigkeit hatte. Sollte dies der Fall gewesen sein, so halte ich es nicht für unwahrscheinlich, dass er mit potenziellen Gleichgesinnten über sein »Hobby« gesprochen hat. Ich habe ihn nie dazu befragt, weil die Antwort anfangs gefährlich sein konnte und später irrelevant war. In meinen Gedanken jedenfalls habe ich die Vorstellung in Gold gerahmt, dass Tulök an den Verwerfungen, die ihn aus dem Blickfeld der obersten Genossen rückten, nicht ganz unbeteiligt gewesen war.

Kontakt zu ihm hatte ich erst wieder, nachdem der Parteitag zu Ende war. Vielleicht gab es bis dahin noch keine neuen Ergebnisse – der Kongress in Moskau und dessen fachliche Auswertung hatten über einen längeren Zeitraum die volle Aufmerksamkeit eingefordert –, vielleicht wollte er mich nicht behelligen, da die Vorbereitungen unseres Großereignisses mir selbst ein erhöhtes Arbeitspensum abverlangt hatten.

Wir trafen uns wieder Anfang Juni 1986. Eigentlich sollte es nur ein seit längerem anstehender Routinebesuch eines Freundes werden, schließlich hatten wir uns seit einem halben Jahr nicht mehr gesehen. Ich hatte mehrmals versucht, ihn telefonisch zu erreichen, sowohl in seiner

Dienststelle als auch zu Hause, aber er war unauffindbar. Zu Hause hatte ich, selbst wenn ich zu so weit vorgerückter Abendstunde bei ihm anrief, dass ich dies mit dem Tagesrhythmus einer Werktätigen als gerade noch vereinbar ansah, nur seine Frau am Apparat, die mir mitteilte, dass er noch nicht von seiner Arbeit zurückgekehrt war. Ähnlich verhielt es sich, wenn ich es an seinem Arbeitsplatz versuchte, mit dem Unterschied, dass ich dann seine Sekretärin am Rohr hatte, die ihn aufzufinden einfach nicht imstande war. Ich konnte mir denken, warum. Sie hatte keinen Schlüssel zu Tulöks »Hobbykeller« und dort gab es kein Telefon.

Nach mehreren gescheiterten Versuchen muss man ihn dann wohl doch von meinem Anliegen in Kenntnis gesetzt haben. Ich hatte es bewusst vermieden, über die fernmündlichen Vermittlungspersonen eine Aufforderung zur Kontaktaufnahme mit dem Ministerium für Staatssicherheit zuzustellen. Offenbar genügte seinem fortgeschrittenen Intellekt wohl die Information, dass jemand dringend mit ihm zu sprechen hatte.

»Entschuldige, dass du mich nicht erreicht hast, aber ich hatte in letzter Zeit viel Arbeit«, erklärte er mir, als er mich kurz vor Feierabend in meinem Büro anrief.

»Wir haben uns lange nicht gesehen, ich würde mal wieder bei dir vorbeischauen«, erklärte ich.

»Ich hätte dich ohnehin in den nächsten Tagen kontaktiert. Es gibt etwas, über das wir sprechen müssen.«

»Kommt mir sehr gelegen.«

»Freitagabend? Es gibt Königsberger Klopse.«

»Gut.«

Etwas vorschnell gesprochen, denn die Aussicht auf mein Lieblingsessen nährte den Verdacht, dass es in anderer Hinsicht nicht ganz so tolle Aussichten gäbe.

Als ich bei ihm eintraf, machte er trotz des angegebenen Arbeitspensums keinen niedergeschlagenen Eindruck. Ich wertete dies als ein Zeichen dafür, dass es positive Neuigkeiten gibt. Ich musste erst noch verinnerlichen, dass »positiv« für uns beide nicht notwendigerweise immer dasselbe bedeutete.

Dies aber zu ergründen, hatte ich mich zunächst in Geduld zu üben. Während des Essens, an dem auch Tulöks Frau teilnahm, wurde nicht über arbeitsbezogene Belange gesprochen. Erst nachdem sich die Dame des Hauses zurückgezogen hatte, um sich auf ihren anzutretenden Dienst am nächsten Morgen vorzubereiten, wurde es konkret.

»Nun, gibt es positive oder negative Neuigkeiten?«, stellte ich die Frage, ebenso wissbegierig wie unbedarft.

»Um ehrlich zu sein, sowohl als auch. Du erinnerst dich sicherlich an die Fehlfunktion, die wir beim letzten Mal hatten?«

»Allerdings. Die Simulation lief nicht richtig.«

»Es ist wieder aufgetreten.«

Diese Aussage zog mich etwas nach unten. Eigentlich hatte ich gehofft, dass dieses Problem gelöst sei, ein Problem, das – so jedenfalls meine Bewertung der Dinge – einer Publikation der Ergebnisse in entscheidender Weise im Wege stand. Tulök bemerkte die Wirkung seines letzten Satzes auf meinen Habitus und sprach weiter.

»Aber ich weiß jetzt, wann und warum es auftritt.«

»Das heißt, es gibt eine Lösung?«

Tulök gab sich etwas verlegen. Wahrscheinlich bedauerte er gerade, sich ungeschickt in einer Weise ausgedrückt zu haben, die bei mir Hoffnung geweckt hatte.

»Eine Lösung, zumindest was du darunter verstehst, gibt es leider nicht, was daran liegt, dass es das Problem als solches nicht gibt. Was wir für eine Fehlfunktion hielten, war ein korrektes Ergebnis, das immer dann auftritt, wenn man die Simulation lange genug laufen lässt.«

Mein beschränkter technischer Verstand benötigte einen Moment, um sich zu sortieren.

»Das bedeutet also, wenn ich es richtig verstehe, dass die Simulation für die Zukunft nicht nur eine Stagnation des weltweiten gesellschaftlichen Umbruchs voraussagt, sondern sogar eine Umkehr dieses Prozesses?«

»So ist es.«

Meine anfängliche Befürchtung hatte darin bestanden, die Genossen in Berlin mit einer unfertigen Arbeit konfrontieren zu müssen. Unter den neuesten Umständen hätte ich dieses vergleichsweise kleine Übel vorgezogen.

»Und du bist sicher, dass das Ergebnis korrekt ist?«

»Ich habe zumindest keine Anhaltspunkte, dass es anders sein könnte. Ich habe in den letzten Monaten immer wieder Versuche mit variierenden Parametersätzen durchgeführt. Das Ergebnis war immer dasselbe. Ich will nicht ausschließen, dass es Bedingungen gibt, für die sich ein anderes Ergebnis einstellt. Aber diese müssten zunächst gefunden werden, dann wären sie zu interpretieren, soll heißen, die Zahlen müssten in die Realität übersetzt werden. Erst dann würde sich zeigen, ob sich ein gangbarer Weg darstellt, die Entwicklung in die richtige Richtung zu steuern. Das sind im Moment noch sehr viele Konjunktive.«

»Was denkst du, wie lange du dafür brauchen wirst?«

»Das lässt sich schwer sagen. Die Rechnung ist langwierig und der Computer läuft jetzt schon rund um die Uhr. Zudem brauche ich ihn auch für andere Arbeiten.«

»Also ist es nicht ausgeschlossen, dass die Simulation von der Realität überholt wird?«

Tulöks ausbleibende Antwort auf diese Frage wertete ich als Zustimmung.

11

Wer sich nicht in meine Situation hineinversetzen kann oder will, wird meine Verzweiflung nicht verstehen. Ich hatte mich auf ein Spiel eingelassen, das mangels zuverlässiger Beherrschung von dessen Regeln meinen Händen zu entgleiten drohte. Ich erinnerte mich an Tulöks Warnung, dass ich in Schwierigkeiten geraten könnte; deren potenzielles Ausmaß aber war allen Grenzen meiner Vorstellungen entwachsen. Die weltweite Konterrevolution stand vor der Tür und würde mich schon jetzt in eine schwere ideologische Krise stürzen, zumindest wenn sich die Realität an Tulöks Prophezeiungen zu halten und ich diesen weiterhin zu glauben bereit war. Und ich konnte irgendwie nichts dagegen tun, weder gegen meinen Glauben an Tulök noch gegen die von ihm postulierten bevorstehenden Ereignisse, die jahrzehntelange Arbeit vieler getreuer Kampfgefährten – mich selbst eingeschlossen – zunichtemachen würden. Was sollte ich tun? Schweigen und der Dinge harren, die kommen würden, sie im Alleingang aufzuhalten versuchen oder als Schlag des Schicksals einfach hinnehmen? Oder die Genossen ins Vertrauen ziehen und mir im besten Fall Ungläubigkeit, im wahrscheinlichen wohl eher Spott und disziplinarische Maßnahmen einhandeln? Normalerweise hatte die Partei immer recht und deren Linie hätte in dieser Situation von mir Folgendes verlangt: Tulök selbst der Initiierung der Konterrevolution bezichtigen, seine Arbeit als Hexenwerk brandmarken, eine Arbeit, die zwar niemand verstand, die dennoch aber als hinreichende Begründung angesehen würde, jenem das Hand- und das Mundwerk zu legen. Immerhin hatte er ja schon in jüngerer Vergangenheit mit provokanten Äußerungen auf sich aufmerksam gemacht, sodass das vielzitierte Maß einen Füllstand erreicht hatte, der operative Maßnahmen gegen diesen Störenfried des sozialistischen Aufbaus erforderlich machte. Nach deren Greifen würden sich alle gegenseitig auf die Schultern klopfen und die Umsetzung der Parteitagsbeschlüsse vorantreiben, die zwingend den nächsten Schritt hin zu einer kommunistischen Welt darstellen würden.

Ich war schwer am Ringen mit meiner Überzeugung, ob ich mich nicht der beschriebenen Linientreue ergeben sollte; was mein persönliches Ergehen betraf, wäre es vielleicht der angenehmste Weg gewesen. Was aber, wenn Tulök recht hatte? Durfte ich den leichten Weg wählen und all das in Gefahr bringen, wofür wir so lange einen so entbehrungsreichen Kampf geführt hatten?

Ich glaube nicht an das »Schicksal«, dem man wehrlos ausgeliefert ist. Es gibt immer einen Weg, etwas zu bewegen, so meine Überzeugung. Ich zweifelte zwar nicht an der Stichhaltigkeit von Tulöks Voraussagen, war mir aber dessen sicher, im Schulterschluss mit den Genossen etwas gegen deren Eintreten tun zu können. Insbesondere dann, wenn man zur rechten Zeit über die richtigen Informationen verfügte, wäre es fahrlässig, sich in Passivität zu ergeben. Andererseits, wenn ich zu diesem Zeitpunkt mein Wissen öffentlich gemacht hätte, wäre nichts anderes geschehen, als dass man Tulök aus dem Verkehr gezogen hätte – und mich vielleicht auch – und dass seine Warnung ungehört verhallt wäre. Zum ersten Mal wurde mir in aller Deutlichkeit bewusst, warum sich

Tulök vehement gegen Ideologie zur Wehr setzte. Sie war offenbar bestens geeignet, einen über die eigenen Füße stolpern zu lassen. Ich war in einer Situation, wo ich eine Vertrauensperson benötigte. Allerdings waren potenzielle Kandidaten, eine solche Rolle auszufüllen, in unserer Dienststelle nicht gar so reichlich gesät. Wo »Vertraulichkeit« oberstes Gebot ist, bleibt Vertrauen zuweilen auf der Strecke. Wahrscheinlich konnte mir nur noch der »Priester« helfen.

12

Ernst Imhegge hatte den Dienstgrad eines Hauptmanns inne und den zugehörigen Dienst bis vor einem Jahr in einem Artillerie-Bataillon der Nationalen Volksarmee versehen. Vom Habitus her machte er nicht den Eindruck einer panzerbrechenden Waffe; er war etwas schmächtig, trug das im Ergrauen bereits fortgeschrittene Haar mittelkurz geschoren und auf der Nase eine Nickelbrille. Seine bislang einzige Fronterfahrung bestand in einem Disput mit seinem Gruppenführer während der Grundausbildung, aus dem er eine auffällige Narbe am Kinn davongetragen hatte. Aber selbst mit dieser mangelte es seiner äußeren Erscheinung an Eignung, den Gegner erschauern zu lassen. War auch nicht Bestandteil seines Tätigkeitsprofils, denn man hatte für ihn als Polit-Offizier Verwendung gefunden. Da diese Dienststellung einer modernen, sprich sozialistischen Form des Militärseelsorgers entspricht, hatten es die entsprechenden Amtsträger hinzunehmen, mit Berufsbezeichnungen wie »Priester« oder »Pope« betitelt zu werden. Ihre Aufgabe bestand, neben der politischen Bildung des Personals, darin, als Vertrauensperson und Ansprechpartner bei individuellen Problemen zur Verfügung zu stehen. Leider nahmen es einige von ihnen mit der Vertraulichkeit zu genau und befolgten streng das »Beichtgeheimnis«, was natürlich das Missfallen der Führungshierarchie erregte.

Das musste wohl auch bei Ernst Imhegge so gewesen sein; zumindest soll es Gerüchten zufolge den Grund für seine Versetzung geliefert haben. Warum diese gerade bei uns endete, darüber kann ich nur Vermutungen anstellen. Zwar war Imhegge von der Physiognomie her bestens geeignet, die Rolle des Kundschafters filmreif zu besetzen – eigentlich fehlten nur noch schwarzer Hut und Mantel –, aber ich war lange genug im Amt, um zu wissen, dass Planstellen in unserem Haus nicht unter künstlerischem Aspekt vergeben wurden. Wahrscheinlich wusste nicht einmal er selbst, weshalb ihm so geschehen war. Vielleicht wollte man ihn mit einer Aufgabe betrauen, bei der seine Verschwiegenheit nutzbringender war, vielleicht wollte man ihn nur irgendwo unterbringen, wo man ihn besser unter Kontrolle hatte. Für mich war es so oder so ein Glücksfall gewesen.

Kennengelernt hatte ich ihn auf dem Silvester-Skatturnier, das von unserer Einheit jedes Jahr veranstaltet wurde. Ich hatte mit ihm im Anschluss daran lange über dieses wunderbare Spiel gefachsimpelt, dieses als zweitgrößte Leidenschaft – gleich nach dem Klassenkampf – anzusehen wir offenbar teilten. Wahrscheinlich hat er sich damit regelmäßig die Langeweile vertrieben, während er sich die Probleme seiner Soldaten anzuhören hatte. Obwohl er der jüngste Zugang zu unserer Abteilung war, errang er schnell mein Vertrauen, ein Zustand, der, wie bereits erwähnt, in unserem Haus als alles andere als üblich anzusehen war. Für ihn war es bis vor Kurzem sein Job gewesen und es schien, dass er ihn noch nicht verlernt hatte. So beschloss ich, ihn in besagter Angelegenheit in ebenso besagtes Vertrauen zu ziehen.

Dies auf dem Dienstweg zu tun, wagte ich nicht. Ich wollte eine Entdeckung desselben aus verständlichen Gründen vermeiden. So lud ich ihn unverbindlich auf ein

Bier nach Feierabend in meine Stammkneipe ein. Diese war insofern abhörsicher, da mir jedes fremde und damit verdächtige Gesicht sofort aufgefallen wäre.

Wir setzten uns an meinen »Stammtisch«, den letzten in der hinteren Ecke des Lokals. Von hier aus konnte man den gesamten Gastraum überblicken und die Gefahr, seinerseits belauscht zu werden, war minimal. Wahrscheinlich entsprach dieser Platz genau dem Klischee, das man unserer Berufsgruppe zusprach, doch das war mir egal. Nachdem zwei Bier auf dem Tisch standen, hatte sich das mit dem Dienstlichen ohnehin erledigt, und mein Anliegen – jedenfalls sah ich es so – war eher als privat anzusehen; so privat, wie der eigene Hals in der Schlinge eben sein kann.

»Nun, was gibt es?«, fragte Imhegge, dessen Erfahrung es offenbar nicht entgangen war, dass dieses Treffen hier weniger ein Gelage als vielmehr eine Beichtsitzung werden sollte.

»Ich habe ein Problem und vertraue auf deine Verschwiegenheit.«

»Selbstverständlich.«

»Ich befasse mich mit dem Fall Tulök. Bist du darüber informiert?«

»Der Professor aus Leipzig?«

»Genau der.«

»Und was ist mit ihm?«

»Er ist mein Freund und ich schätze ihn sehr, besonders als Wissenschaftler. Er betreibt ein privates Forschungsprojekt, bei dem er mittels eines Computerprogramms Voraussagen zu gesellschaftlichen Entwicklungen in der Welt trifft. Ich verstehe davon noch nicht alles, bin aber der Überzeugung, dass er korrekt arbeitet. Leider sehen die Resultate, zu denen er kommt, für uns nicht gerade rosig aus. Seiner Prognose zufolge kommt die sozialistische Revolution in der Welt zum Erliegen... Nicht nur zum Erliegen, sie wird sogar zurückgedrängt. Wie gesagt, ich bin der Überzeugung, dass er korrekt arbeitet, aber was soll ich mit meinem Wissen tun? Soll ich es zurückhalten und meinen Kopf riskieren oder soll ich es offenbaren und ebenso meinen Kopf riskieren?«

»Ach das ist der Grund.«

Imhegge nickte nachdenklich. Ich allerdings wusste seine Antwort nicht zu deuten.

»Was ist der Grund wofür?«

»Seine Einstellung zu gewissen Dingen.«

»Und wofür ist das ein Grund?«

»Dass wir einen IM und einen Hauptamtlichen auf ihn angesetzt haben.«

Das hatte mir gerade noch gefehlt. Ich konnte nur hoffen, dass sich Tulök so unauffällig verhielt, dass es keine unvorteilhaften Aufsätze über ihn geben würde. Anderenfalls hinge ich mit am Haken. Warnen durfte ich ihn allerdings auch nicht, weil ich dann sofort fällig gewesen wäre. Ich konnte nur auf seine Intelligenz setzen, die ihn ein solches Manöver voraussehen lassen und zu entsprechender Vorsicht mahnen würde.

»Und wie soll ich mich deiner Meinung nach nun verhalten?«

Ich spürte, dass in meiner Stimme so etwas wie äußerste Besorgnis mitschwang.

»Nun bleib mal ruhig. Im Moment liegen, soweit ich weiß, weder über ihn noch über dich negative Berichte vor. Unternimm zunächst mal nichts. Wenn es irgendetwas gibt, das du wissen solltest, werde ich dich informieren.«

Ich muss zugeben, mich so richtig zu beruhigen war ihm damit nicht gelungen. Zumindest aber hatte ich mich jemandem anvertrauen können. Das war immerhin schon etwas. Ich spürte, dass ich die Last, die mir Tulök aufgeladen hatte, auf Dauer nicht würde allein schultern können.

13

Ich befolgte Imhegges Rat und unternahm fürs Erste nichts. Auch verzichtete ich darauf, mit Tulök in Kontakt zu treten. Dass er inzwischen von unseren eigenen Leuten überwacht wurde, zwang mich im Umgang mit seiner Person zu besonderer Vorsicht. Wie leicht konnte er mich durch unbedachte Handlungen mit in die Tiefe reißen. Dennoch war mein Zwiespalt damit nicht gekittet. Es war immer noch meine Aufgabe, seine Arbeit nachrichtendienstlich zu begleiten. Obwohl sich in letzter Zeit niemand von Bedeutung so richtig dafür interessiert hatte, konnte mich das nicht von dieser Pflicht entbinden; zu leicht hätte man mich der Nachlässigkeit bezichtigen können. Man darf sich nicht der Vorstellung hingeben, das Ministerium wäre ein im Stück gegossenes Bollwerk gewesen, bei dem die Linke immer weiß, was die Rechte tut. Auch wenn man nach außen diesen Eindruck zu vermitteln suchte, war man mit demselben Problem konfrontiert, dem sich alle komplexen Organisationen wehrlos ausgeliefert sehen: Eine homogene Struktur zu schaffen, in der es jeder einem jeden recht machen kann, ist nicht möglich.

So wartete ich täglich darauf, von irgendeiner Seite angezählt zu werden, warum ich keinerlei Aktivitäten in dem mir übertragenen Fall erkennen ließ, und war mit Erreichen eines jeden Feierabends froh darüber, dass dies nicht geschehen war. Nicht nur im Hinblick auf meinen eigenen Status im Haus; solange derartiger Nachdruck in Sachen Pflichterfüllung ausblieb, konnte ich mir zumindest sicher sein, dass Tulök keine Eselei begangen hatte, welche die Aufmerksamkeit der Staatsschützer auf sich gezogen hatte. Wie bereits erwähnt, ich konnte ihm weder eine diesbezügliche Warnung zukommen lassen, noch überhaupt in Erfahrung bringen, wer ihn überwachte, ohne mich verdächtig zu machen.

Irgendwann reißt jede Glückssträhne. In diesem Fall geschah es an einem Dienstag im September oder Oktober 1986. Genau weiß ich es nicht mehr. An den Wochentag kann ich mich noch erinnern, weil ich an diesem normalerweise in meinen Kegelverein ging und deshalb das Büro früher verließ als an den übrigen. An jenem bewussten Tag war es allerdings nicht so gewesen, da mich eine Verstauchung im Handgelenk an meiner sportlichen Aktivität hinderte. Dementsprechend hatte ich mein Büro auch nicht früher verlassen, wofür ich mich innerlich ohrfeigte, als das Telefon klingelte und Tulök dran war.

»Lange nichts von dir gehört, Horst. Wie geht es dir?«

Ich gab ihm die Antwort, die man in solchen Fällen erwartet, die im vorliegenden aber weit an der Wahrheit vorbeischrammte.

»Ich brauche deine Hilfe«, erklärte er und fragte: »Kannst du kommen?«

Eine abschlägige Antwort wäre niemandem gerecht geworden; nicht ihm, nicht mir, nicht demjenigen, der erwartungsgemäß irgendwo in der Leitung hing und mithörte, weshalb ich zustimmte.

Ich hatte es mir inzwischen zur Gewohnheit gemacht, meine Besuche bei ihm auf das Wochenende zu legen. Da sie überwiegend oder zumindest teilweise dienstlichen Charakter hatten, wäre das nicht zwingend erforderlich gewesen. Für den Moment hatte ich mich mit dieser Verfahrensweise arrangiert, da ich so keine schlafenden Diensthunde wecken musste, was bei der notwendigen Beantragung einer mehrtätigen Außer-Haus-Maßnahme unzweifelhaft geschehen wäre. Dass ich meine Aktivitäten im Fall »Tulök« vornehmen konnte, ohne einen Staubwirbel hinter mir her zu ziehen, war mir in der aktuellen Lage mehr als recht. Hinzu kam, dass ich mich kürzlich von meiner Frau getrennt hatte. Somit gab es für mich auch keine Verpflichtungen mehr, die mich an den Wochenenden in Berlin binden würden. Unter heutigen Verhältnissen hätte ich vielleicht die einen oder anderen Bedenken entwickelt, welche verkehrstechnischen Unwägbarkeiten eine Reise durch unser schönes Land an einen Freitagabend hätte mit sich bringen können; damals war das alles noch kein Problem, vorausgesetzt, der Wagen hielt durch.

»Du brauchst meine Hilfe?«, erwiderte ich Tulöks Begrüßung, als er mir die Wohnungstür öffnete. Das mit der »Hilfe« hatte mich während der gesamten Fahrt beunruhigt. Meine erste und ernste Befürchtung hatte darin bestanden, er könnte sich in Schwierigkeiten gebracht haben, ihn unter Ausnutzung meiner Dienststellung aus diesen zu befreien, er möglicherweise die Hoffnung in mich setzte.

»Komm erst mal rein und setz dich.«

Auf der Flucht schien er zumindest noch nicht zu sein. So kam ich, etwas beruhigt, seiner Aufforderung nach.

»Wie kann ich dir denn nun helfen?«

»Du erwähntest, dass du einen PC zur Verfügung hast, so einen wie ich.«

»Ja. In meiner Dienststelle gibt es so einen.«

»Den meine ich nicht. Du sagtest, du hättest einen zu deiner persönlichen Benutzung bekommen.«

»Ach, den meinst du. Ja. Den hat man mir zugeweisen, um mich in die Technik einzuarbeiten. Aber der steht bei mir zu Hause.«

»Umso besser. Ist er identisch mit meinem?«

Diese Frage brachte mich etwas in Verlegenheit. Wie gesagt, ich war inzwischen nicht mehr ganz unbeleckt, aber trotzdem noch im Lernen begriffen. Und Tulöks Niveau würde ich wohl auf ewig hinterherhinken.

»Soweit ich das beurteilen kann, ja. Sicher bin ich mir nicht, aber schlechter als deiner sollte er nicht sein.«

»Das ist ausgezeichnet. Ich stoße nämlich mit der Simulation zunehmend an Grenzen. Mein größtes Problem ist, dass ich den Rechner auch für meine Lehr- und Forschungsarbeit einsetzen muss. Deshalb würde ich gern deinen mitbenutzen.«

Damals war mir das Problem noch nicht bewusst; mit meinem heutigen Wissen aber muss ich für all jene, die mit der Rechentechnik im Allgemeinen oder mit deren damaliger antiquierten Form im Speziellen nicht vertraut sind, Folgendes erläutern:

Die Rechner, die uns zur Verfügung gestellt worden waren, liefen mit dem Betriebssystem MS-DOS. Heute mag es undenkbar sein, aber mit diesem System war die Maschine nicht in der Lage, mehrere Programme gleichzeitig auszuführen. Um ein neues Programm zu starten, musste das alte erst beendet werden. Und diese Einschränkung schien für Tulöks Arbeit zu einem echten Problem zu werden. Zum einen war da das neue Forschungsprojekt, das kürzlich bewilligt worden war und das umfangreiche statistische Auswertungen erforderlich machte. Nichts für den Rechenschieber und auch der Taschenrechner, jüngste Entwicklung und Stolz der Kollegen vom VEB Mikroelektronik »Wilhelm Pieck« Mühlhausen, wäre trotz Statistikfunktionen mit dieser Aufgabe überfordert gewesen. Zum anderen hatte sich inzwischen innerhalb der heiligen Hallen des Wissens Tulöks Versiertheit in Sachen Softwareentwicklung herumgesprochen, was immer wieder zu Anfragen bezüglich sozialistischer Hilfeleistung auf diesem Gebiet durch Vertreter der weniger bemittelten Nutzerschaft führte. Da er, diesen Umständen geschuldet, seinen Rechner inzwischen beinahe täglich für seinen regulären Dienst benötigte, konnte er die Simulation nicht über viele Stunden laufen lassen. Zwar nutzte er inzwischen vorwiegend die Nachtstunden und die Wochenenden, aber selbst diese Perioden schienen angesichts der weiteren Verfeinerung seines Programms und der damit verbundenen Verlängerung der Rechenzeit nicht ausreichend zu sein. »Man hätte das Programm so konzipieren können, dass man bei dessen Abbruch den aktuellen Stand speichert und später an diesem Punkt die Simulation weiterlaufen lässt«, werden jetzt die erfahrenen Softwareentwickler entgegenhalten. Tulök hatte diese Möglichkeit natürlich in Betracht gezogen, musste aber einsehen, dass dies an den eigentlich unzulänglichen hardwaretechnischen Voraussetzungen scheiterte. Der Arbeitsspeicher war nicht groß genug, um alle zu verarbeitenden Daten aufzunehmen. So war bereits während der Rechnung eine Auslagerung auf die ohnehin nicht große Festplatte erforderlich, was deren verfügbares Volumen für Dateien weiter einschränkte. Auch die Disketten mit ihrer damaligen Größe von 180 kByte waren keine Alternative. Man konnte es drehen und wenden; es gab keinen Weg, eine mehrstufige Simulation zu implementieren. Als weiteres Problem mit der Auslagerung von Arbeitsspeicher auf die Festplatte – manch einer, der nicht immer die neueste Gerätegeneration zur Verfügung hat, wird das kennen – bestand darin, dass es die Berechnung weiter verlangsamte.

Unter diesen Umständen, und wohl auch unter allen anderen, war ich natürlich bereit, meine Hilfe anzubieten. Mein Rechner stand die meiste Zeit nur ungenutzt herum. Jetzt würde er endlich zweckdienliche Verwendung finden.

Tulök war, während ich dem Leser die obenstehenden Erläuterungen gegeben habe, kurzzeitig aus dem Wohnzimmer verschwunden und mit einer Schachtel zurückgekehrt.

»Hier ist alles, was du brauchst«, sagte er, während er den Inhalt seines Mitbringsels auf dem Tisch ausbreitete. Anschließend erläuterte er:

»Eine beschriftete Diskette. Diese enthält das Programm. Einige weitere Disketten, mit denen die Simulation konfiguriert wird. Bei deren Start erscheint eine Aufforderung, eine dieser Konfigurationsdateien auszuwählen. Auf diese Weise lassen sich verschiedene Szenarien mit hoffentlich verschiedenen Resultaten erzeugen. Nachdem das geschehen ist, muss diese Diskette durch eine andere ersetzt werden; hier sind einige, diese, die nicht beschriftet sind. Darauf wird nach Ende der Simulation eine Datei geschrieben, die einige Informationen zum Szenario und die wichtigsten Ergebnisdaten enthält. Diese werden für die Auswertung benötigt und helfen mir, die relevanten Szenarien auf meinen Computer nachzurechnen. Achte bitte darauf, dass nach Start der Simulation immer eine Diskette eingelegt ist und dass sie mindestens 50 kByte an freiem Speicherplatz besitzt. Hier ist eine kurze Anleitung zur Handhabung des Programms. Morgen werden wir noch eine praktische Übung in meinem Büro machen. Dann sollte es keine Schwierigkeiten geben.«

Er verstaute die mir überantworteten Produktionsmittel wieder sorgfältig in der Schachtel und ich nahm sie mit dem Gefühl an mich, nicht länger ein unbedeutendes Sandkorn im Getriebe zu sein.

14

Die Aufgabe war groß und anfangs hatte ich die Befürchtung, ihr nicht gewachsen zu sein. Vielleicht war diese Befürchtung nicht ganz unberechtigt. Wenn man ein neues Arbeitsgebiet übernimmt, muss man erst Erfahrung in dessen Umgang sammeln. Bis dies geschehen ist, spürt man die latente Unsicherheit, etwas falsch zu machen. Je bedeutsamer die Aufgabe, desto stärker dieses Gefühl. Und diese hier war bedeutsam, jedenfalls aus meiner Sicht. Jedoch muss ich sagen, Tulök hatte mich gut darauf vorbereitet. Außerdem stand er immer mit seinem Rat bereit, wenn ich mal nicht weiterkam. Jedenfalls ist es mir in dieser Zeit nicht passiert, ihn mal nicht ans Telefon zu bekommen. Offenbar wusste er ganz genau um die Bedeutung, die meiner Mitarbeit an seinem Projekt von nun an zukam.

Nach einer gewissen Zeit fühlte ich mich nicht nur sicher im Umgang mit der Technik, sondern auch ein kleines bisschen wichtig. Genaugenommen war ich zwar nur ein Werkzeug, dessen er sich bediente und das durch seinen Willen geführt wurde, aber immerhin.

Die Zusammenarbeit lief so ab, dass er mir regelmäßig Disketten mit vorbereiteten Szenarien zukommen ließ, die ich abzuarbeiten hatte. Anschließend übergab ich ihm die gespeicherten Resultate zur Auswertung. Er erdachte neue Szenarien und das Spiel begann von vorn. Er legte großen Wert darauf, dass die Übergabe der Arbeitsmittel nur persönlich erfolgte; er befürchtete wohl, dass auf dem Postweg ein Schwund derselben oder der Vertraulichkeit einsetzen könnte. Ich akzeptierte das, auch wenn es mich dem Zwang aussetzte, die Frequenz meiner Besuche bei ihm zu erhöhen. Doch das war nur am Anfang so. Mit jeder verbesserten Version seines Programms nahm auch die notwendige Rechenzeit zu, sodass es im Laufe des folgenden Jahres nahezu eine Woche dauerte, um ein Resultat zu produzieren. Meine Besuchsdichte bei ihm verringerte sich analog in diesem Zeitraum von alle zwei Wochen auf alle zwei Monate. Und noch etwas änderte sich in dieser Zeit: Während ich mich anfangs in die Rolle des willenlosen Werkzeugs fügte, das lediglich darauf bedacht ist, keinen Fehler zu machen, entwickelte ich später ein richtiggehendes Interesse an dieser Arbeit. Zwar wusste ich nicht im Einzelnen, welche Simulationsszenarien Tulök vorbereitet hatte, dennoch verfolgte ich die Arbeit des Rechners, soweit es mir möglich war, mit hoher Aufmerksamkeit. Schließlich hatte ich ein persönliches Interesse daran, dass sich einmal ein Ergebnis zeigen würde, das meinen Wünschen, sprich den Wünschen meiner Vorgesetzten entspräche. Irgendwann, so befürchtete ich – oder hoffte vielleicht sogar –, würde sich jemand daran erinnern und mal vorsichtig nachfragen, was sich denn so tut. Dass solches bislang nicht geschehen war, stand wohl dem Umstand in Schuld, dass sich Tulök während dieser Zeit, was seine politischen Äußerungen betraf, in äußerster Zurückhaltung übte. Wahrscheinlich hatte er erkannt, dass Sticheleien gegen Partei und Staat in dieser entscheidenden Phase des Projektes dessen Erfolgsversprechen abträglich sein würden.

Das Ganze hatte etwas von Lottospiel. Woche für Woche wartet man gespannt darauf, dass einem der Hauptgewinn zufällt, und erntet ebenso regelmäßig Enttäuschung. Dennoch schüttelt man diese nach kurzer Dauer des Zweifels wieder ab und beginnt den Zyklus in wiederentflammter Erwartung von Neuem, bis er sich irgendwann totläuft. Ich weiß, wovon ich spreche. Ich hatte früher über einen Zeitraum von acht Jahren Lotto gespielt. Wahrscheinlich wäre diese Epoche meines noch jungen Lebens wesentlich kürzer ausgefallen, hätte ich nicht nach etwa drei Jahren einmal einen Gewinn in Höhe von 52,38 Mark zu verbuchen gehabt, der meinem erlahmenden Spieltrieb einen Stachel in die Sitzfläche gestoßen hatte. Mit einem selbstbewussten »Geht doch!« und frischer Überzeugung von der Schlagbarkeit des Systems war dann der nächste Tippschein ausgefüllt worden, von dem ab alles besser werden sollte. Bei solchen Dingen setzt das rationale Denken eben aus. Selbst beim als klassenfeindlich verpönten Roulette-Spiel standen die Gewinnchancen besser, aber wer will das wissen. Die Erkenntnis stellte sich wie immer am Schluss ein und lieferte zumindest die beruhigende Einsicht, dass ich mit jedem Hauptverlust notwendige sozialpolitische Maßnahmen unterstützt hatte.

Diese Gedanken kamen immer wieder hoch, wenn der PC seinen nächsten Rechenzyklus zu Ende gebracht hatte und das Ergebnis der Kraft zur Begeisterung entbehrte. Doch hier lagen die Dinge anders. Hier konnte ich nicht einfach aufhören und das Verlieren anderen überlassen. Wenn ich dieses Spiel aufgab, davon war ich überzeugt, würden alle verlieren.

15

Die Zeit raste dahin, nahezu unbemerkt von mir, der ich in der mir zugeeigneten Rolle als letzter wirklicher Hüter der sozialistischen Errungenschaften voll aufging. Tulök selbst vielleicht noch ausgenommen, der aber seinerseits ohne meine Hilfe nicht weiterkam, würden alle anderen, die sich noch in diesem glorreichen Anspruch wähnten, zum Scheitern verurteilt sein. So jedenfalls sagte es die Maschine, die auf einem Tisch in der Ecke meines Wohnzimmers stand. Das Jahr 1987 war inzwischen Geschichte. Die Beschlüsse des letzten Parteitages wurden liniengetreu umgesetzt, mit viel geliehenem Geld und wenig Wirkung; das zumindest sagte die Maschine. Was ich bis heute nicht richtig verstehe, ist, wieso ich nicht in Panik geriet. Eigentlich hätte ich es tun müssen, angesichts der prognostizierten Entwicklung und der Tatsache, dass ich einer von nur zwei – wenn man Imhegges bescheidenes Adeptentum mitzählte, dann drei – Personen war, die darum wussten. Immer wieder hatte ich mit mir gerungen, an höherer Stelle Alarm zu schlagen, es in der Befürchtung, mir damit Gegenwind aus allen Richtungen einzuhandeln, aber unterlassen. Überdies hätte es wohl ohnehin nicht geholfen.

Was mein persönliches Ergehen anbelangte, hatte ich allerdings keinen Grund zur Klage. Wie schon einige Zeit zuvor vermutet und erhofft, wurde mir die avisierte Beförderung zuteil. Ich hatte jetzt den Dienstgrad eines Obersts, was zunächst aber nur geringfügige finanzielle Vorteile erbrachte. Viel wichtiger als die Beförderung selbst war deren Begründung. Offenbar hatte doch noch jemand aus der Führungsriege im Blick, dass ich in einer kritischen Situation kühlen Kopf und den Genossen Prof. Tulök vor der Verwirrung durch den Klassenfeind bewahrt hatte. In der Tat war es so, dass er seitdem nicht mehr negativ in der Öffentlichkeit aufgetreten war. Ich selbst hätte um dieses mein Verdienst keinen Rummel gemacht, aber weiter oben sah man das wohl anders. Man glaubte, mich für höhere Aufgaben verpflichten zu können, und brachte das zum Ausdruck, indem man mich in den Stand eines Kandidaten des Zentralkomitees unserer Partei erhob. Wieso man mir diese Ehre erwies, würde ich erst später erfahren Auf jeden Fall war ich damit auf dem Weg in eine Position, die mir einen gewissen Einfluss bescheren würde. Fehlten nur noch die Pläne, deren Umsetzung dieses Einflusses bedurfte.

Vielleicht gibt es ja doch so etwas wie »Schicksal« - auch wenn ich mich bis zu diesem Zeitpunkt streng dagegen verwahrt hatte –, denn plötzlich schienen diese Pläne zum Greifen nahe. Es war im Sommer des Jahres 1988 als ich wieder einmal von einer wochenendlichen Dienstreise aus Leipzig zurückkehrte, am späten Sonntagabend, und ich war geneigt, sofort zu Bett zu gehen, da mir der nächste Tag einen schweren Dienst und ein daran anschließendes unerträgliches Gefasel in der Versammlung unserer Parteigruppe androhte. Da auch mein Rechner inzwischen mehr oder weniger rund um die Uhr lief, demzufolge auch das gesamte Wochenende hindurch, wollte ich nur noch schnell überprüfen, ob er korrekt arbeitete. Leider hatte es in letzter Zeit, insbesondere in den Wintermonaten und trotz klassenbewusster Anstrengungen bei den Kollegen und Genossen der Energieversorgung, immer wieder Stromausfälle gegeben, welche die Ergebnisse meiner Arbeit zum Wohle von Staat und Volk teilweise zunichte gemacht hatten.

Als ich mein Wohnzimmer betrat und einen routinemäßigen Blick auf meinen nimmermüden Mitarbeiter warf, war es mit der Routine aber sofort wieder vorbei. Ich traute meinen Augen nicht. Erst als ich zunächst das eine schloss, dann das andere schloss und das erste wieder öffnete, wobei das sich mir darstellende Bild aber keine Änderung erfuhr, glaubte ich es. Unter Ignoranz oder Missachtung der vorgerückten Stunde – welche dieser beiden Verfehlungen die maßgebliche war, weiß ich nicht mehr – griff ich zum Telefon und wählte Tulöks Nummer. Zum Glück nahm er nach dem ersten Klingeln ab, sodass seine Frau hoffentlich ungestört weiterschlafen konnte.

»Horst, was gibt es?«

Diese heutzutage übliche Form der Gesprächseröffnung war zur damaligen Zeit, da es noch keine Rufnummernübertragung gab, verwunderlich, da eigentlich nicht möglich. Wahrscheinlich hatte er vorausgesehen, dass ich der Einzige sein konnte, der ihn um diese Zeit noch anrufen würde.

»Gerd, ich bin gerade nach Hause gekommen. Die Simulation, alles ist weiß…«

»Gut. Achte darauf, dass die Ergebnisse gesichert werden.«

Seine Antwort war so nüchtern, wie man sie nur von einem Wissenschaftler erwarten kann. Würde man ihm eines Tages nachweisen, dass seine eigene Existenz biologisch und physikalisch unmöglich ist, würde er wohl auch dies mit einem trockenen Nicken entgegennehmen und sich widerstandslos in Nichts auflösen.

Mir jedenfalls zitterten die Hände. Ich überprüfte dreimal, ob die Ergebnisdatei korrekt auf die Diskette geschrieben worden war. Dann machte ich von dieser und auch von der Konfigurationsdatei eine Sicherungskopie auf einer weiteren Diskette. Diese Dateien waren ein Schatz; mit ihnen würde es möglich sein, dieses Ergebnis jederzeit zu reproduzieren, auch vor einem entsprechend interessierten Publikum. Ich legte sie in meinen Safe, wo sich meine Dienstwaffe und ein unbezifferter Geldbetrag in D-Mark befanden, zwei Gegenstände, die ab sofort ihre Diskussion, wer wohl der Wichtigste in diesem stählernen Refugium sei, unterlassen konnten.

16

Mit diesem Ergebnis glaubte ich, die Arbeit sei getan. Tulök gab sich aber fernab einer solchen Vorstellung und setzte seine Untersuchungen fort. Wahrscheinlich taten Wissenschaftler das so; ich war keiner, demzufolge hinterfragte ich solches Tun nicht. So arbeitete auch ich in gleicher Weise weiter, eine »weiße Weltkarte« bekam ich aber in den meisten Fällen nicht zu Gesicht. Ich glaube, ein- oder zweimal ist dieses Ergebnis noch aufgetreten, allerdings kannte ich, wie auch bei allen Rechnungen zuvor, die Simulationsparameter nicht. Irgendwie war es mir auch egal. Es gab, so jedenfalls schätzte ich die Lage mit meinen bescheidenen Kenntnissen ein, einen Weg, die Revolution weltweit zum Sieg zu führen. Das beflügelte mich in ungeahnter Weise. Ich beging sogar die Leichtsinnigkeit, Imhegge wieder einmal auf ein Bier einzuladen und von unseren Erfolgen zu berichten.

Ich hatte ihn für einen diskreten Mann gehalten, vielleicht tue ich ihm Unrecht, das Gegenteil zu vermuten, aber ich hatte ihn zumindest im Verdacht, sein Wissen mit irgendjemandem weiter oben geteilt zu haben. Es dauerte nämlich nicht lange, bis ich vom Kandidaten zu einem Mitglied des Zentralkomitees der Partei wurde, und ich sah bei bestem Willen keinen anderen Anlass, als dass man mich dort dringend benötigte. Jedoch bestand meine einzige Qualifikation, irgendeiner Not abzuhelfen, darin, mit Tulök sehr gut und mit dessen Arbeit halbwegs vertraut zu sein. Egal, auch wenn es so war; einen Vorwurf hatte ich Imhegge dafür nicht gemacht und aus heutiger Sicht war es vielleicht der einzige Weg gewesen, Schlimmeres abzuwenden.

Zu diesem Zeitpunkt befand ich mich in Hochstimmung. Tulök schien dies bei meinem nächsten Besuch zu bemerken und den Versuch anzustrengen, seinen Gemütszustand dem meinen anzugleichen. Irgendwie gelang es ihm, zumindest in der äußeren Erscheinung, dennoch spürte ich, dass sein Inneres eine Aufbaukur vertragen konnte. Also berichtete ich freudestrahlend von meinem jüngsten Abenteuer in den Höhen der Parteipolitik.

»Ich war letztens auf meiner ersten Tagung des Zentralkomitees. War schon eine aufregende Sache.«

»Ja, du erwähntest, dass man dich dort aufgenommen hat. Ging ja ziemlich schnell. Andere müssen länger warten.«

Es klang für mich ein wenig nach Neid, vielleicht bilde ich mir das auch nur ein. Ich glaube auch nicht, dass Tulök selbst derartige Ambitionen gehabt hatte. Dennoch versicherte ich ihn nicht nur meiner Treue zu ihm und seiner Arbeit, sondern auch meines Einflusses, der dort noch nützlich sein könnte.

»Es hat sicherlich Vorteile, wenn man an der richtigen Stelle sitzt. Ich meine, was unsere… was deine Arbeit betrifft. Jetzt, wo wir so weit sind, dass wir ein brauchbares Ergebnis haben…«

Seine Antwort darauf blieb zunächst aus. Also hakte ich nach:

»Wir haben doch ein brauchbares Ergebnis?«

»Wenn du mit ›brauchbares Ergebnis‹ meinst, dass sich der weltweite gesellschaftliche Umbruch zum Kommunismus hin durchsetzen lässt, dann ja, aber…«

»Was, aber?«

»Aber es wird beschwerlich, vielleicht beschwerlicher, als alle vermuten.«

»Wir sind doch alles erfahrene Kämpfer. Keiner geht davon aus, dass dieser Kampf leicht wird. Und wenn wir die sehr konkrete Voraussicht haben, dass er erfolgreich sein wird, gehen wir ihn mit umso mehr Freude an.«

Sein Gesichtsausdruck zeigte immer noch eine gewisse Skepsis. Ich versuchte, ihn in meiner momentanen Hochstimmung mitzureißen, weshalb ich unvorsichtigerweise nachlegte:

»Die Tagung des Zentralkomitees letztens, dort ist die Stimmung im Moment nicht unbedingt als euphorisch zu bezeichnen. Einige haben erkannt, dass wir Probleme haben, ernste Probleme. Ich denke, sie wären dankbar, brächten wir sie wieder in die richtige Spur.«

»Wir können es versuchen.«

Irgendwie war ich am Zweifeln. Tulöks Art und Weise, wie er mir an diesem Tag gegenübergetreten war, beunruhigte mich etwas. Deshalb wagte ich auch nicht, ihn weiter zu befragen. Wahrscheinlich befürchtete ich, Dinge zu hören zu bekommen, die ich und besonders die Genossen in Berlin eigentlich nicht hören wollten. Als Tulök das Wort »beschwerlich« benutzte, musste ich an einen alten Agentenfilm denken, den ich viele Jahre zuvor gesehen hatte, und ich glaube mich zu erinnern, dass dort ebendieses Wort gebraucht worden war.

Ein Geheimagent hatte einen Koffer erbeutet, der wichtige Dokumente der Gegenseite enthielt und der, für den Fall des unbefugten Öffnens, mit einer Dynamitladung gesichert war. Von seinem Sprengmeister wollte er sich telefonisch die Anleitung durchgeben lassen, wie der Koffer zu öffnen sei, da er unbedingt des Inhaltes habhaft werden musste. Der Sprengmeister hatte ihm daraufhin von der Aktion abgeraten und auch den Begriff »be-schwerlich« verwendet, der Agent aber hatte darauf bestanden. So wurde ihm Schritt für Schritt erläutert, was er zu tun hatte, und bei jedem, den er ausführte, schien alles bestens zu funktionieren, wäre da nicht deren letzter notwendiger gewesen. Dieser bestand darin, den Griff nach links oder nach rechts zu drehen – welche die richtige Richtung war, konnte der Sprengmeister am Telefon nicht beurteilen. In der richtigen Richtung gedreht, würde sich der Koffer gefahrlos öffnen lassen, in der falschen Richtung würde er explodieren. Ach ja, und durch die bisher durchgeführten Aktionen sei ein Zeitzünder aktiviert worden, der den Koffer zur Explosion brächte, wenn man ihn nicht innerhalb der nächsten dreißig Sekunden geöffnet hätte.

In diesem Film, falls ich mich richtig erinnere, ist der Koffer explodiert. Dennoch beneidete ich den Agenten dafür, dass ihm bereits nach dreißig Sekunden die Bedeutung des Begriffs »beschwerlich« klar war.

17

Das Jahr 1988 neigte sich seinem Ende entgegen; alle brachten sich bereits, soweit es ihnen gegeben war, in die notwendige Jahresendfeststimmung. Geneigt war auch ich, und zwar, mich von dieser Stimmung vereinnahmen zu lassen. Schließlich durfte ich das abgelaufene Jahr in seinem Ergebnis und in mehrfacher Hinsicht als erfolgreich ansehen. Aller Voraussicht nach wäre es sogar geschehen, hätte es nicht ein Ereignis gegeben, das mich daran hinderte.

Eigentlich fing es harmlos an. Da ich Imhegge einige Male zum Bier eingeladen hatte, dachte ich mir zunächst nichts dabei, als er sich seinerseits in ebendieser Weise revanchierte. Doch sobald die Getränke auf dem Tisch standen, wurde es konkret.

»Zum Wohl«, forderte ich bereits sehr konkret, wie ich glaubte, wurde aber, nachdem sich jeder den ersten Schluck einverleibt hatte, eines Besseren belehrt.

»Ich hatte dir versprochen, dich zu informieren, wenn es etwas Wichtiges gibt.«

»Richtig«, erinnerte ich mich.

»In Leipzig scheint sich etwas zu entwickeln.«

Mein Puls schnellte in die Höhe. Gab es etwa ein Problem mit Tulök? Hatte er wieder irgendetwas angestellt?

Imhegge bemerkte meinen instantan eingetretenen Erregungszustand, sprach aber mit ruhiger und monotoner Stimme weiter, als ob es ihn danach trachtete, seinem Spitznamen »Priester« alle Ehre zu bereiten.

»Du bist mit dem Vorgang ›Nikolaikirche‹ vertraut?«, fragte er und sah mich an, als wäre dies das Selbstverständlichste von der Welt.

»Nein«, entgegnete ich, unsicher, ob mich das meinen Job oder gar meinen Kopf kosten würde. Aber wie gesagt, auch im Ministerium wusste nicht jeder alles.

»Der Fall beschäftigt uns schon seit längerer Zeit. Deshalb dachte ich, du wüsstest etwas darüber. Egal. In der Leipziger Nikolaikirche finden schon seit einigen Jahren regelmäßig Veranstaltungen statt, die als ›Friedensgebete‹ ausgewiesen werden. Selbstredend haben wir ein Auge darauf und bislang bereiteten sie uns auch keinen Grund zur Sorge. Seit einigen Wochen beobachten wir aber Veränderungen. Einerseits ist die Teilnehmerzahl im Ansteigen begriffen, andererseits ist die Atmosphäre wesentlich stärker aufgeladen als bislang. Einzelne Teilnehmer geben sich schon einmal in verstärkt militanter Weise und es fallen auch Parolen, die wir eigentlich nicht mehr tolerieren dürften. Eingegriffen haben wir bis jetzt allerdings nicht.«

»Wie gesagt, ich habe mit diesem Vorgang nichts zu tun. Wieso erzählst du mir das?«

»Unser Personal vor Ort hat uns berichtet, dass die beschriebenen Veränderungen eingetreten sind, nachdem Professor Tulök dort einige Male aufgetaucht ist und Gespräche mit Heinrich Fürrast, dem Gemeindepfarrer, geführt hat. Das kann natürlich ein Zufall sein… Ich wollte dir nur sagen, wie es ist.«

Zufall? Ich bin kein Mathematikgenie, aber ein wenig wusste ich schon über Wahrscheinlichkeitsrechnung Bescheid. Dass Tulök versehentlich mit einem Pfarrer sprach, und das sogar mehrfach, war schon unwahrscheinlich genug. Dass es zudem gerade dort und gerade in diesem Zeitraum zu – ich nenne es jetzt mal so – politischen Kundgebungen kam, war kein Fall mehr für die Berechnung von Wahrscheinlichkeiten, sondern von Korrelationen. Tulök hatte sich in irgendetwas verwickelt, darin war ich mir sicher.

Ich kannte ihn lange genug, schließlich waren wir seit vielen Jahren miteinander befreundet. Wenn es um seine Arbeit ging, neigte er – vielleicht berufsbedingt – zwar prinzipiell nicht zu emotionalen Ausbrüchen, aber immer, wenn er in seinem Projekt Fortschritte zu verzeichnen hatte, spürte ich bei ihm eine unterschwellige positive Erregung. Ich musste an unsere letzten Begegnungen denken, bei denen er mir, im Nachhinein betrachtet, umso reservierter erschienen war. Was hatte er vor? Hatte er mich verarscht? Hatte er aufgegeben? Hatte er etwas gesehen? Wusste er mehr als ich?

Viele Fragen, aber keine Antworten. Und die nächste schickte sich bereits an, gestellt zu werden. Sollte ich ihn außerplanmäßig besuchen und ihn zur Rede stellen? Oder doch lieber zunächst eine gewisse Distanz zu ihm wahren, um nicht den Platz ganz oben auf der Abschussliste zu erstreiten? Ich wusste es nicht und entschied mich für mein Bauchgefühl, das mir zunächst die letztgenannte Variante nahelegte. Auf jeden Fall würde ich mir die Situation sehr genau durch den Kopf gehen lassen müssen.

Ohne Imhegge wäre ich auf dieses Problem gar nicht gestoßen; es wäre mir wohl seinerseits zuvorgekommen, in der Weise, dass man mich irgendwann aus meinem Nacht- oder Büroschlaf gerissen und einem strengen Verhör betreffs der Aktivitäten meines guten Freundes zugeführt hätte. Wäre so etwas geschehen, hätte das alle im vergangenen Jahr angesammelten Erfolge in die Tonne getreten. Selbst wenn ich jetzt, Jahre später, noch einmal darüber nachdenke, schaudert es mich. Der Schaden, der angerichtet worden wäre und der nicht nur mich persönlich, sondern auch viele andere betroffen hätte, wäre immens gewesen.

18

Zunächst hatte ich, wie beschrieben, meiner vollen Hose nachgegeben, dieses aber als besonnenes Vorgehen deklariert. Leider erfordert besonnenes Vorgehen manchmal, Dinge zu tun, die einer vollen Hose entgegenstehen. Im speziellen Fall bedeutete es, dass ich die Entwicklungen im Umfeld der Nikolaikirche nicht länger meiner Ignoranz überantworten konnte. Zwar hoffte ich, dass sich die Lage von selbst beruhigen würde, aber sie tat mir diesen Gefallen nicht. Als im Januar 1989 von dort ein Aufruf zu einer Gedenkdemonstration ausging, war der Punkt erreicht, an dem Passivität von meiner Seite mit schwerwiegenderen Folgen belegt sein konnte als Aktivität. Das Tapet war zu bereinigen und da von Tulöks Seite keine diesbezügliche Initiative ausging, stand ich selbst in der Pflicht. Die Situation war mir äußerst unangenehm. Ich tat sogar etwas, das ich in den letzten drei Jahre nicht getan hatte: Ich tauchte überraschend bei ihm auf.

Der landläufigen Meinung zufolge hätte man annehmen können, vielleicht sogar müssen, dass überraschend irgendwo aufzutauchen für jemanden in meiner dienstlichen Position von der Routine des Alltags gedeckt wäre. Im Allgemeinen mag das auch gültig sein, aber dieser Fall war eher speziell. Schließlich war Gerd Tulök mein Freund und bei einem solchen vor der Tür zu stehen und in dem Moment, da sie sich öffnet, um Worte ringen zu müssen zählt zweifelsohne zu den weniger angenehmen Seiten des Tagesgeschäfts. Den ganzen Weg über hatte ich nachgedacht, wie ich eine verbale Kommunikation eröffnen sollte, war aber zu keinem brauchbaren Ergebnis gekommen. Glücklicherweise ließ mich Tulök im entscheidenden Moment nicht im Stich, weil gar nicht zu Wort kommen.

»Hallo Horst, wenn du dich angemeldet hättest, würde ich dir noch etwas zu Essen anbieten können«, begrüßte er mich. Irgendwie erschien es mir so, als sei er sich keiner Schuld bewusst gewesen.

»Hallo Gerd. Nicht essen, nur reden.«

»Komm rein. Einen Weinbrand nimmst du doch aber?«

Ich gab keine Antwort, was er offenbar als Zustimmung aufgefasst hatte. Er stellte mir ein gefülltes Glas vor die Nase.

»Du kommst sicherlich wegen neuen Materials zum Rechnen. Im Moment habe ich allerdings nichts. Wenn es etwas gäbe, hätte ich dir das schon gesagt.«

Ich war verwundert. Konnte er sich wirklich nicht denken, weswegen ich gekommen war? War er sich seiner Verfehlung überhaupt bewusst? Diesen Eindruck machte er jedenfalls nicht. Das erschwerte meine Aufgabe ungemein, denn jetzt war ich gezwungen, etwas zu tun, das ich unter allen Umständen vermeiden wollte.

»Gerd, bist du dir bewusst, dass du von der Staatssicherheit überwacht wirst?«

»Du meinst, von dir?«

Noch klang er ziemlich souverän.

»Nein, das meine ich nicht. Ich überwache dich nicht. Ich begleite deine Tätigkeit, das ist etwas anderes. Was ich meine, ist ein informeller Mitarbeiter und sein Führungsoffizier, die inzwischen regelmäßig über dich berichten. Leider im Moment nicht sehr vorteilhaft für dich.«

»Du willst sagen, ich werde so richtig überwacht?«

»Ja.«

»Und muss ich das fürchten?«

Wie blauäugig kann man sein? Wahrscheinlich musste er jeden Tag aufs Neue vier Schlüssel ausprobieren, bis er seine Bürotür öffnen konnte.

»Wenn du Dinge tust, die mit den Zielen der Partei nicht übereinstimmen, dann schon«, gab ich mich selbstbewusst.

»Dann bin ich ja beruhigt.«

»Du willst sagen, die negativen Berichte über dich sind aus der Luft gegriffen?«

»Das kann ich nicht beurteilen, ich weiß ja nicht, was drinsteht.«

»Stehst du in Verbindung zur Nikolaikirche?«

»Ach, das meinst du. Ja, das ist richtig.«

»Und was machst du dort?«

»Meine Arbeit.«

Wir liefen wieder einmal in einen Disput hinein, der mir einfach nur absurd erschien.

»Und bist du dir darüber im Klaren, was du mit ›deiner Arbeit‹ anrichtest?«

»Ich bin Mathematiker und vertraue darauf, dass ich mich nicht verrechnet habe.«

»Nicht verrechnet haben? Ist dir bewusst, dass du mit deinem Verhalten auch mich in Schwierigkeiten bringen kannst?«

»Habe ich dir das nicht prophezeit?«

Das Schlimmste bei einem Streit ist, wenn man einsehen muss, dass der andere recht hat. Aber Moment mal, da war doch etwas.

»Da bin ich aber noch nicht davon ausgegangen, dass du unsere Arbeit sabotieren würdest.«

»Sabotieren? Ich unternehme alle Anstrengungen, sie zum Ziel zu führen. Aber wie ich bereits sagte, es wird beschwerlich.«

»Verstehe ich trotzdem nicht.«

»Das habe ich auch nicht erwartet.«

»Aber ich muss es verstehen. Wie soll ich es sonst den Genossen plausibel machen?«

»Gut, versuchen wir es, aber nicht mehr heute.«

Aus seinem Blick konnte ich ablesen, dass er diesem Vorhaben nur geringe Erfolgsaussichten zugestand.

19

Wir trafen uns am nächsten Tag wieder. Immerhin war ich ausgeruht und hoffte, dass mein körperlicher Fitnesszustand den notwendigen Anforderungen für das Bevorstehende eher gerecht würde, als der am Vorabend bereits im Schwinden begriffene. Allerdings musste ich sehr bald feststellen, dass dieser allein Tulöks Skepsis, die Erfolgsaussichten dieser Aktion betreffend, nicht würde abhelfen können.

»Ich weiß, ich bin dir wieder einmal eine Erklärung schuldig«, begann er.

»Wenn du das so siehst.« Ich bemühte mich darum, unvoreingenommen zu erscheinen.

»Zunächst einmal: Was dir wie Sabotage erscheint, ist das Ergebnis eines streng wissenschaftlichen Vorgehens. Um das aber zu verstehen, muss ich dir zunächst einige Grundbegriffe meines Arbeitsgebietes beibringen. Meinst du, wir bekommen das hin?«

Ich überlegte. Mein Abitur hatte ich im Fach Mathematik immerhin mit der Note 2 abgeschlossen, dennoch musste ich befürchten, dass es jetzt deutlich über dieses Niveau hinausgehen würde. Über mehrere Monate hatte ich mich zum Handlanger dieser Wissenschaft gemacht, ohne konkrete Einblicke zu gewinnen, was da eigentlich gerechnet wurde. Insofern war ich zwischen Ehrfurcht und Neugier hin- und hergerissen. Schließlich siegte die Neugier, was auch dringend erforderlich war; anderenfalls hätte ich meine Kollegen auf den Plan rufen müssen, geschult im Umgang mit solchen Feinden des sozialistischen Gemeinwesens.

»Versuchen wir es«, gab ich mich entschlossen.

Ich spürte Tulöks Erleichterung ob dieser Entscheidung. Wahrscheinlich war er bezüglich der Überlegungen, die ich soeben angestrengt hatte, im Bilde.

»Die ganze Arbeit, die ich, die wir in den letzten Monaten und Jahren gemacht haben, beruht auf ›Systemtheorie‹. Diese Theorie, wie der Name schon sagt, befasst sich mit Systemen. Bist du mit diesem Begriff vertraut?«

»Meinst du so etwas wie politische Systeme?«, konzentrierte ich mein Augenmerk sofort auf die Interpretation dieses Terminus, der mir aus meiner Arbeit für Partei und Ministerium bekannt war, ohne allerdings mit tiefem Verständnis belegt zu sein.

»Unter anderem auch, aber ich meine es mehr allgemein. Ein System ist zunächst einfach eine Funktionseinheit, die sich von ihrer Umgebung abgrenzt. Das kann sehr vieles sein, ein abstraktes Konstrukt, das vielleicht nur theoretisch existiert – eine wissenschaftliche Theorie, zum Beispiel –, bis hin zu einfachen oder komplexen technischen Geräten. Und auch soziale Gebilde sind Systeme, wie du ja durch unsere Arbeit bereits weißt. Vereinfacht gesagt, ein System kann irgendetwas sein, die Frage ist lediglich, ob wir über die Mittel verfügen, es wissenschaftlich zu beschreiben. Das gelingt sehr gut, wenn es sich bei diesem System um ein sogenanntes ›formales System‹ handelt oder es diesem Modell zumindest so weit entspricht, dass es wie ein solches behandelt werden kann. Befassen wir uns zunächst mit diesem Begriff. Was ist ein ›formales System‹?«

Er machte eine kurze Pause. Wahrscheinlich sondierte er gerade, ob ich schon jetzt am Aufgeben war. Noch war ich ganz entspannt, also sprach er weiter.

»Ich werde es zunächst theoretisch erklären. Anschließend machen wir ein einfaches Beispiel, um es zu veranschaulichen. Ein ›formales System‹ bedient sich einer Formelsprache oder, einfach ausgedrückt, Formulierungen. Ähnlich, wie unsere Sprache. Wir bilden Sätze aus Wörtern, die wiederum aus Buchstaben bestehen. So ist es auch beim formalen System. Es besitzt einen Zeichensatz, der festlegt, welche Zeichen in der Sprache des Systems verwendet werden dürfen. Diese Zeichen können in beliebiger Kombination und Anzahl aneinandergereiht werden und bilden dann die sogenannten Formeln oder Aussagen.

Im einfachsten Fall benutzt das System sogar unsere natürliche Sprache für seine Formulierungen. Das hat den Vorteil, dass diese für uns leicht zu verstehen ist. Allerdings hat sie den Nachteil, dass manche Formulierungen sehr umfangreich werden, weshalb für bestimmte Zwecke effektivere Sprachen entwickelt wurden. Nehmen wir zum Beispiel Programmiersprachen für Computer. Diese sind zwar an die natürliche Sprache angelehnt, benutzen darüber hinaus aber eigene Zeichen und syntaktische Regeln, um die Formulierungen effektiver zu machen, sprich zu verkürzen. Oder nehmen wir die Mathematik, wo eine Vielzahl spezieller Zeichen verwendet wird. Diese sind für den Laien zwar nicht leicht verständlich, ermöglichen aber sehr kompakte Formeln, die in einer Zeile das ausdrücken, wozu man in natürlicher Sprache eine halbe Seite benötigen würde.

Ganz gleich, welche Sprache das System verwendet und wie kompliziert dessen Formulierungen sind, wir bilden aus den im System verfügbaren Buchstaben Formeln. Und diesen Formeln wird ein Wahrheitsgehalt zugeordnet.«

»Du sprichst von Zeichen und Buchstaben. Was ist denn da der Unterschied?«

»Im Grunde genommen gibt es keinen. Wir verstehen unter Buchstaben die Zeichen von A bis Z. In anderen Sprachen sieht das anders aus, zum Beispiel im Russischen oder Chinesischen. Theoretisch können wir auch völlig neue Zeichen erfinden. Wichtig für das formale System sind nur zwei Dinge: Es muss die verwendbaren Zeichen festlegen und es muss über Regeln verfügen, den Aussagen, das heißt den Folgen, bestehend aus einer beliebigen Anzahl und Anordnung der verwendbaren Zeichen, einen Wahrheitswert ›wahr‹ oder ›falsch‹ zuzuordnen.

Um den Wahrheitswert einer Formel festzulegen, gibt es eine allgemeingültige Regel: Eine Formel, oder auch Aussage, ist dann wahr, wenn sie sich innerhalb des Systems herleiten lässt. Was bedeutet das?

Das formale System besitzt einen Mechanismus, um Schlussfolgerungen zu ziehen. Dazu werden weitere Elemente benötigt. Da sind zunächst einmal die ›Axiome‹. Dabei handelt es sich um Aussagen, die für das System als wahre Aussagen vordefiniert sind. Und man benötigt sogenannte Schluss- oder Ableitungsregeln, nach denen man aus wahren Aussagen weitere wahre Aussagen ableiten kann. Die Anwendung dieser Regeln ist dabei ein reiner Formalismus, weswegen das System als formal bezeichnet wird. Das heißt, die Aussagen haben für das System keinerlei semantische Bedeutung, es sind nur Zeichenfolgen, auf die formale Regeln angewendet werden, um auf diese Weise eine Kategorisierung in ›wahr‹ und ›falsch‹ vorzunehmen. Selbst diese Wahrheitskategorien haben für das System keine inhaltliche Bedeutung, in der Weise, dass etwa ›wahr‹ besser wäre als ›falsch‹. Alles ist ein reiner Formalismus. Man kann sich das vorstellen wie bei einem Taschenrechner. Wir geben ihm Zeichenfolgen in Form von Zahlen und mathematischen Symbolen ein, er verarbeitet sie nach formalen Regeln, die ihm einprogrammiert worden sind, und gibt uns ein Ergebnis aus. Betrachtet man es systemtheoretisch, dann geschieht im Grunde genommen Folgendes: Wir geben dem Rechner eine Zeichenfolge ein, er vervollständigt sie zu einer Formel, die einer wahren Aussage entspricht, und gibt uns die fehlenden Zeichen der Formel aus. Für den Rechner selbst haben diese Zahlen und Zeichen keine Bedeutung. Ihnen diese zu geben, ist es an uns. Soweit klar?«

»Klingt im Moment alles sehr theoretisch«, erwiderte ich mit leisem Stöhnen in der Stimme.

»Es wird gleich verständlich, wenn wir ein Beispiel machen, hoffe ich jedenfalls. Ein anschauliches Beispiel ist die Arithmetik, also die mathematischen Grundrechenoperationen. Für ein vereinfachtes Beispiel genügt bereits ein Teil davon. Betrachten wir das formale System ›Addition ganzer nichtnegativer Zahlen‹. Wir wollen also Aussagen oder Formeln erzeugen, die einer Addition entsprechen. Zunächst überlegen wir, welche Zeichen das System dafür benötigt.«

Er sah mich an wie einst mein Mathematiklehrer, wenn er mir eine Frage gestellt hatte, die ich nicht beantworten konnte.

»Nun?«, verlieh Tulök seiner Forderung Nachdruck, dass ich mich an diesem gedanklichen Exkurs doch bitte beteiligen solle.

»Wir benötigen Zahlen«, gab ich nach kurzem Überlegen zurück.

»Nicht ganz korrekt. Wir benötigen Ziffern. Das sind die elementaren Zeichen. Zahlen werden aus diesen zusammengesetzt. Trotzdem, ein richtiger Gedanke. Welche Ziffern sollen wir nehmen?«

»Von Null bis Neun? Welche anderen gäbe es sonst?«

»Das hängt vom verwendeten Zahlensystem ab. Im allgemeinen Gebrauch hat sich das Dezimalsystem durchgesetzt, das zehn Ziffern benutzt. Computer beispielsweise arbeiten mit dem Binärsystem und benötigen nur zwei Ziffern, Null und Eins. Um das System für uns übersichtlich zu halten, nehmen wir die Ziffern von Null bis Neun. Welche Zeichen brauchen wir noch?«

Jetzt musste ich schon etwas länger nachdenken, weshalb er mir half.

»Nun, wir haben es mit mathematischen Formeln zu tun, also brauchen wir Formelzeichen.«

»›Plus‹, ›Minus‹, ›Mal‹, ›Durch‹«, gab ich mein noch abrufbares Wissen aus lange vergangenen Schultagen zurück, ohne darüber nachzudenken.

»Im Prinzip, ja. Da wir uns aber auf die Addition beschränken, genügt das Erstgenannte. Aber es fehlt trotzdem noch eines.«

Da ich nicht sofort mit der Antwort rüberkam, gab er sie schließlich selbst:

»Das Gleichheitszeichen. Damit ist unser Zeichensatz vollständig, zehn Ziffern, ein Plus- und ein Gleichheitszeichen. Mit diesen sind wir in der Lage, Additionsgleichungen aufzuschreiben. Um festzustellen, ob sie wahr sind, benötigen wir noch Axiome und Ableitungsregeln. Zu deren Aufstellung gehen wir systematisch vor. Wir treffen zunächst einige Vereinbarungen, um festzulegen, wovon wir eigentlich sprechen.«

Er schrieb folgende Liste:

A	Axiom
B,C	Zeichenfolge
F	Formel
L(Fn)	Zeichenfolge links von »=« in der Formel »n«
R(Fn)	Zeichenfolge rechts von »=« in der Formel »n«
S	Schlussregel
Z	Ziffernfolge
z	Einzelne Ziffer
[]	Ausdruck für eine Ziffernfolge

Dann erläuterte er:

»›A‹ steht also für Axiome, zu deren Definition wir gleich kommen. ›B‹ und ›C‹ sind Folgen beliebiger Zeichen des Systems. Im Unterschied dazu steht ›Z‹ für eine Folge, die lediglich Ziffern enthalten darf. ›L‹ und ›R‹ stehen für den linken und rechten Term einer Additionsgleichung. Die eckigen Klammern bedeuten, dass der darin stehende Ausdruck entsprechend der Axiome und Schlussregeln so umzuformen ist, dass er einer Ziffernfolge entspricht.

Die Axiome, die wir benötigen lauten folgendermaßen:«

Er schrieb weiter:

A1:	0=0
A2:	0+1=1
A3:	1+1=2
A4:	2+1=3
A5:	3+1=4
A6:	4+1=5
A7:	5+1=6
A8:	6+1=7
A9:	7+1=8
A10:	8+1=9
A11:	9+1=10

»Wie du siehst, scheinen die Axiome ziemlich trivial zu sein, dennoch benötigen wir sie, da es sich um elementare Definitionen handelt. Für uns ist es selbstverständlich, dass beispielsweise 2 um 1 größer als 1 ist; in unserem System muss es festgelegt werden.

Jetzt brauchen wir noch die sogenannten Schluss- oder Ableitungsregeln.«

Das Blatt Papier füllte sich zusehends.

S1:	wenn $z < 9$:	$Zz+1=Z[z+1]$
S2:	wenn $z=9$:	$Zz+1=[Z+1]0$
S3:	$L(Fn)+1=R(Fn)+1$	
S4:	wenn $B=C$:	$C=B$
S5	wenn $B=C$:	B kann durch C ersetzt werden

»Die Schlussregeln lesen sich zunächst etwas kompliziert, im Grunde genommen sind sie aber ebenfalls recht einfach. ›S1‹ und ›S2‹ beschreiben, wie man formal zu einer Zahl 1 hinzuzählt, indem man nämlich die letzte

Ziffer um 1 vergrößert oder, wenn diese eine ›9‹ ist, sie auf ›0‹ setzt und die Regel ›S1‹ auf die vorangehenden Ziffern anwendet. ›S3‹ bedeutet, dass man aus einer wahren Formel eine weitere wahre Formel ableiten kann, indem man an den linken und rechten Term der Formel jeweils die Zeichenfolge ›+1‹ anhängt, was formal einer Addition des Wertes 1 entspricht. ›S4‹ sagt, dass man den linken mit dem rechten Term einer Gleichung vertauschen, und ›S5‹, dass man gleichwertige Ausdrücke in Formeln gegeneinander ersetzen kann. Damit, glaube ich, haben wir alles was wir benötigen.«

»Und das wäre?«

»Wir haben ein System, mit dem wir jeder mathematischen Formel, die aus den festgelegten Zeichen besteht, einen Wahrheitswert zuordnen können. Eine Aussage ist dann wahr, wenn sie sich aus wahren Aussagen oder Axiomen mithilfe der Ableitungsregeln erzeugen lässt. Machen wir ein Beispiel. Nehmen wir die Formel ›2+3=5‹. Um diese abzuleiten, können wir folgendermaßen vorgehen:«

Wieder griff er zum Bleistift und begann zu schreiben.

»Beginnen wir mit dem Axiom ›A4‹, das da lautet:

$$2+1=3$$

»Entsprechend der Schlussregel ›S3‹ können wir zu beiden Seiten formal 1 addieren:

$$2+1+1=3+1$$

Mit dem Axiom ›A3‹ in Verbindung mit der Schlussregel ›S5‹ kann man folgende Ersetzung vornehmen:

2+2=3+1

Analog erhält man mit ›A5‹:

2+2=4

Jetzt wiederholen wir die Prozedur. Indem wir zunächst wieder 1 addieren:

2+2+1=4+1

und die entsprechenden Ersetzungen vornehmen:

2+3=5

Der Formalismus ist recht aufwändig, aber mit ihm lässt sich jede gültige Additionsgleichung herleiten, auch mit mehreren Summanden auf beiden Seiten.

Wir können auch ein Negativbeispiel machen. Betrachten wir die Formel ›2+3=6‹. Wir könnten von der Formel ›2+3=5‹ ausgehen, deren Gültigkeit wir durch deren Ableitung gerade nachgewiesen haben. Allerdings finden wir keine Schlussregel, mit der wir daraus den Ausdruck ›2+3=6‹ ableiten könnten. Somit ist die Formel ›2+3=6‹ nicht ableitbar und daher keine wahre Aussage. Dasselbe gilt für Formeln, die zwar mit den verfügbaren Zeichen gebildet werden können, aber keinen Sinn ergeben, wie ›1+=0=‹ oder ähnliche. Da sie sich ebenfalls nicht herleiten lassen, haben sie den Wahrheitswert ›falsch‹. Ich hoffe, du hast die Vorgehensweise ungefähr verstanden.«

»Ich denke, ja«, antwortete ich, war mir aber nicht ganz sicher, ob man dieser Aussage den Wahrheitswert »wahr« zuordnen durfte.

»Für heute sollten wir es dabei bewenden lassen«, erklärte er.

»Das war doch sicherlich noch nicht alles, was du mir zu sagen hast«, versuchte ich meiner Enttäuschung zum Ausdruck zu bringen.

»Bei Weitem nicht. Lass es mich so ausdrücken: Wären wir Bergsteiger, die den Gipfel erklimmen wollen, dann haben wir uns gerade die Schuhe zugebunden. Bevor wir weitermachen, sollten wir überprüfen, ob sie richtig sitzen; falls du verstehst. Beim nächsten Mal mehr. Lass dir bis dahin alles noch einmal durch den Kopf gehen.«

20

Ich muss es zugeben, Tulök hatte mein Interesse geweckt. Obwohl er meine Ungeduld, mehr zu erfahren, bemerkt hatte – schließlich lieferten seine bisherigen Ausführungen keine hinreichende Begründung für staatsgefährdende Handlungen –, ließ er sich nicht dazu hinreißen, seine Vorlesung fortzusetzen. Wahrscheinlich war dies einem hinreichenden didaktischen Gespür geschuldet, das er in seiner Position als Hochschullehrer besitzen musste, um seinen Beruf zur Berufung werden zu lassen. Immerhin war es – was insbesondere in der heutigen Zeit von einigen Mitgliedern seiner Zunft vergessen wird – nicht seine Aufgabe, Wissen zu emittieren, sondern zu implantieren. Im Nachhinein war ich ihm jedenfalls dafür dankbar, dass er an dieser Stelle unterbrochen hatte. Das gab mir die Gelegenheit, alles noch einmal zu durchdenken, und als ich damit fertig war, kam es mir auch ziemlich plausibel vor. Ein »formales System« mit Zeichenketten aus festgelegten Zeichen, die für wahre oder falsche Aussagen stehen und deren Wahrheitswert daraus resultiert, ob sie sich aus Grundannahmen mithilfe von festgelegten Regeln herleiten lassen. Bis hierher war alles klar. Bis auf eine Frage, die ich ihm bei unserer nächsten Schulstunde stellen müsste.

»Das mit dem ›formalen System‹ habe ich so weit verstanden; was ich hingegen noch nicht verstehe, was hat das damit zu tun, dem Kommunismus zum Sieg zu verhelfen?«

»Siehst du, und weil zu wenige diese Frage stellen, geschweige denn auf die Antwort warten, kommen wir nicht so richtig weiter.«

»Gut, also dann…«

»Was ich dir beim letzten Mal erläutert habe, waren nur Grundbegriffe, die für das Verständnis der Materie notwendig sind. Sicherlich ist es nicht leicht einzusehen, warum man so etwas Einfaches wie eine Addition so kompliziert beschreiben kann oder muss. Aber das ›formale System‹ ist die Basis, auf der unsere Arbeit beruht. Dieses zu verstehen ist aus zwei Gründen notwendig. Erstens, es besitzt Eigenschaften, die nicht auf den ersten Blick offensichtlich, aber von essenzieller Bedeutung sind; zweitens, jedes System, das sich mithilfe eines Computerprogramms darstellen lässt, kann in ein formales System überführt werden, soll heißen, für derartige Systeme gelten die Regeln der formalen Systeme. Da wir in der Lage sind, das globale Gesellschaftsmodell mit einem Computer zu simulieren, gelten die entsprechenden Regeln auch für dieses, das ist wichtig zu wissen.«

»Also, dann weiter«, forderte ich.

»Für formale Systeme existieren zwei wichtige Eigenschaften. Die eine nennt sich ›Konsistenz‹ oder auch ›Widerspruchsfreiheit‹. Das bedeutet, wenn man in diesem System – wie letztens erläutert – eine Aussage ableiten kann, dann ist es unmöglich, deren Gegenteil ebenfalls abzuleiten. Wäre dies möglich, dann wäre ja die Aussage und gleichzeitig auch ihr Gegenteil wahr oder aber die Aussage selbst gleichzeitig wahr und falsch. Das würde man gern vermeiden, wie du dir sicherlich vorstellen kannst.« Tulök lächelte.

»Allerdings.«

Es war zwar nicht meine eigentliche Aufgabe, aber ich muss eingestehen, dass ich gelegentlich an Verhören von verdächtigen Personen teilzunehmen hatte. Dort bevorzugten wir natürlich wahre Aussagen, falsche Aussagen hingegen versuchten wir mit entsprechendem Nachdruck durch wahre Aussagen zu ersetzen. Die Vorstellung aber, ganz gleich, was die zu verhörende Person sagte, es wäre immer die Wahrheit, selbst dann noch, wenn sie plötzlich das Gegenteil behauptete, war verwirrend. So etwas war laut Diensthandbuch nicht vorgesehen. Ich lächelte zurück.

»Die zweite dieser Eigenschaften nennt sich ›Vollständigkeit‹. Sie bedeutet, wenn eine Aussage im System nicht herzuleiten ist, dann kann ihr Gegenteil hergeleitet werden. Anderenfalls wäre die Folge, dass das System nicht entscheiden kann, ob eine Aussage wahr oder falsch ist. Das mag nicht so schwerwiegend sein wie eine Inkonsistenz, mathematisch betrachtet ist es aber etwas Ähnliches.«

Nicht so schwerwiegend? Für mich war es doch schon etwas Schwerwiegendes, wenn wir vom Verdächtigen eine Aussage bekommen, aber nicht herausfinden können, ob sie wahr oder falsch ist.

»Fassen wir das zusammen«, erklärte er. »Konsistenz bedeutet, jede Aussage des Systems ist entweder wahr oder falsch, beides gleichzeitig geht nicht. Negiert man eine Aussage, so negiert sich auch deren Wahrheitsgehalt. Vollständigkeit bedeutet, das System kann für jede Aussage den Wahrheitsgehalt bestimmen, es existieren keine undefinierten Aussagen. Das System ist im Wortsinn vollständig. Es gibt keine weiteren wahren Aussagen, die zum System hinzugefügt werden können.«

»Ah, ich glaube, ich verstehe. Du willst damit also ausdrücken, dass jedes formale System diese beiden Eigenschaften, Konsistenz und Vollständigkeit, besitzen muss.«

»Nein.«

»Nein?«

»Nein.«

»Das würde aber bedeuten, dass dieses Problem mit den widersprüchlichen Aussagen tatsächlich auftreten kann?«

»Nicht nur kann.«

»Wie meinst du das?«

»Es gibt einen fundamentalen Satz in der Systemtheorie, der auch als ›Unvollständigkeitssatz‹ bezeichnet wird. Dieser stammt von einem österreichischen Mathematiker namens Kurt Gödel und sagt, dass ein formales System, vorausgesetzt, es erfüllt gewisse Anforderungen an seine Komplexität, niemals konsistent und vollständig zugleich sein kann. Wenn es konsistent ist, dann ist es unvollständig, oder umgekehrt. Entweder gibt es widersprüchliche Aussagen oder undefinierte.«

Langsam wurde es interessant, auch wenn es mir noch an Verständnis mangelte.

»Du willst also behaupten, dass dieses Problem in jedem System auftritt?«

»In jedem formalen System hinreichender Komplexität, ja.«

Ich musste überlegen, kam aber nicht so richtig weiter.

»Verstehen tue ich es nicht. Kannst du ein Beispiel machen? Wie ist das bei unserem Additionssystem?«

»Bei unserem Additionssystem ist es etwas kompliziert. Lass uns das deshalb etwas später betrachten. Ich hatte mit diesem Beispiel nur begonnen, um dir den Begriff des formalen Systems zu erläutern, da es überschaubar und einigermaßen einleuchtend ist. Nehmen wir also das klassische Beispiel zur Erläuterung der Inkonsistenz, das System der Aussagenlogik. Dieses bedient sich der natürlichen Sprache, um Formeln in Form von Aussagesätzen zu bilden. Dabei wird jeder Aussage ein Wahrheitswert zugewiesen, ›wahr‹, wenn die Aussage der Realität entspricht, ›falsch‹, wenn dies nicht der Fall ist.«

»Klingt einfach.«

»Ist es aber nicht, wie du gleich sehen wirst. Machen wir ein Experiment. Ich werde einige Aussagen treffen und du wirst deren Wahrheitsgehalt bestimmen.«

»Also, los.«

Er lächelte wieder in der Weise, wie er es immer tat, wenn etwas Unerwartetes nahte. Dann begann er.

»Mein Name ist Gerd Tulök.«

»Wahr.« Das war noch einfach.

»Ich wohne in Leipzig.«

»Wahr.«

»Ich sage immer die Wahrheit.«

»Woher soll ich das wissen?«

Er zuckte leicht zusammen, als wäre er von der augenblicklichen Erkenntnis übermannt worden, dass meine geistigen Fähigkeiten den seinen wohl doch etwas nachhingen. Dann legte sich so etwas wie ein Strahlen der verklärten Einsicht in seinen Blick und seine in Starre gemeißelten Gesichtszüge entspannten sich. Nach einer Sekunde des Bedenkens machte er folgenden Vorschlag:

»Gut, beginnen wir das Experiment von vorn.«

Er blickte eine halbe Minute lang gebannt auf seine Uhr. Dann sagte er:

»Es ist jetzt exakt 21:31 Uhr.«

»Wahr«, antwortete ich intuitiv, nachdem ich diesen Fakt mittels meiner eigenen Uhr überprüft hatte, obwohl ich mir nicht sicher war, ob diese Aussage schon zum Experiment gehörte.

»Mein Name ist Gerd Tulök.«

»Wahr.«

»Ich wohne in Leipzig.«

»Wahr.«

»Alle meine Aussagen, die heute nach 21:31 Uhr getroffen wurden, sind wahr.«

»Wahr.«

»Beenden wir das Experiment und betrachten wir das Ergebnis. Du hast mit deiner Bewertung immer richtig gelegen, außer bei der letzten.«

»Wieso das. Alle deinen Aussagen waren doch wahr?«

»Bei oberflächlicher Betrachtung vielleicht. Untersuchen wir die letzte Aussage etwas genauer. Das Problem ist, dass sie sich selbst impliziert. Hätte ich gesagt, ›Die beiden zuvor getroffenen Aussagen sind wahr‹, wäre das nicht der Fall und die dritte Aussage wäre tatsächlich wahr.«

Um es für mich verständlich zu machen, schrieb er es noch einmal auf:

Aussage 1: Ich heiße Gerd Tulök ($w1$=wahr)
Aussage 2: Ich wohne in Leipzig ($w2$=wahr)
Aussage 3: Die beiden zuvor getroffenen Aussagen sind wahr ($w3 = w1 \cap w2$)

»In diesem abgewandelten Fall ist es eindeutig. Der Wahrheitsgehalt von Aussage 3 lässt sich aus denen von

Aussage 1 und 2 bestimmen. Da diese beiden Aussagen wahr sind, ist auch Aussage 3 wahr. Betrachten wir jetzt den ursprünglichen Fall:«

Wieder schrieb er etwas auf:

Aussage 1: Ich heiße Gerd Tulök (w1=wahr)
Aussage 2: Ich wohne in Leipzig (w2=wahr)
Aussage 3: Alle nach 21:31 Uhr getroffenen Aussagen sind wahr (w3=w1∩w2∩w3)

»Siehst du den Unterschied? Der Wahrheitsgehalt von Aussage 3 hängt in diesem Fall von ihrem eigenen Wahrheitsgehalt ab, da sie ja selbst eine nach 21:31 Uhr getroffene Aussage ist. Da w1 und w2 eindeutig wahr sind, kann man für w3 vereinfacht schreiben:

w3=w3

Das bedeutet, Aussage 3 hat einen Wahrheitswert, der ihrem eigenen Wahrheitswert entspricht. Wann man also annimmt, Aussage 3 sei wahr, dann ist sie wahr, nimmt man an, sie sei falsch, dann ist sie falsch. Somit handelt es sich um eine Aussage, die sowohl wahr als auch falsch ist.«

»Jetzt, wo du es sagst, verstehe ich es, glaube ich zumindest.«

»Auf ähnliche Weise lassen sich auch Aussagen treffen, die weder wahr noch falsch sind. Hätte ich bei meiner letzten Aussage das Gegenteil behauptet, also ›Nicht alle meine Aussagen, die heute nach 21:31 Uhr getroffen wurden, sind wahr‹, dann wäre das Ergebnis folgendes:«

Wieder notierte er etwas.

Aussage 1: Ich heiße Gerd Tulök (w1=wahr)
Aussage 2: Ich wohne in Leipzig (w2=wahr)
Aussage 3: Nicht alle nach 21:31 Uhr getroffenen Aussagen sind wahr (w3=(¬w1)∪(¬w2)∪(¬w3))

Da w1 und w2 jeweils wahr sind, kann man für den Wahrheitswert w3 vereinfacht schreiben:

w3=¬w3

Das bedeutet, der Wahrheitswert von Aussage 3 entspricht dem Gegenteil ihres eigenen Wahrheitswertes. Nimmt man an, sie sei wahr, dann müsste sie falsch sein, nimmt man an, sie sei falsch, dann müsste sie wahr sein. Somit kann sie weder wahr noch falsch sein.

Das Ganze ist paradox, ich weiß, aber man muss es verstehen. Die Frage ›Sagst du immer die Wahrheit?‹ ist für das System der Aussagenlogik eine äußerst kritische, nicht nur, weil man aus ihrer Antwort keinen Rückschluss ziehen kann, ob man es mit einem Wahrsager oder einem Lügner zu tun hat – beide würden sie wohl unbedachterweise mit ›Ja‹ beantworten. Das Problem liegt noch viel tiefer. Jemand, der für sich in Anspruch nimmt, immer die Wahrheit zu sagen, kann diese Frage gar nicht beantworten. In dem Moment, wo er es täte, würde er sich in einen nicht zu lösenden Konflikt begeben.

Würde er mit ›Ja‹ antworten, könnte das ebenso eine Lüge sein, da für die gestellte Frage – wie wir gesehen haben – keine eindeutige positive Antwort existiert. Man könnte ihn berechtigterweise in dem Moment der Lüge bezichtigen, da er diese Antwort gibt.

Aber auch mit ›Nein‹ kann er sie nicht beantworten, da sich dieses ›Nein‹ – vorausgesetzt, er hat bislang die Wahrheit gesprochen – ja nur auf ebendiese Antwort selbst beziehen kann, die sich damit auch selbst als falsch definieren würde. Wenn dieses ›Nein‹ auf die Frage ›Sagst du immer die Wahrheit?‹ aber falsch ist, bedeutet das, der Befragte würde doch immer die Wahrheit sagen, und das, obwohl seine letzte Antwort falsch ist. Ein Widerspruch, der nicht zu lösen ist.«

Ich benötigte einen Moment, das zu verstehen, doch dann überkam mich ein Schauer. Ich musste an meine nebenamtliche Verhörtätigkeit denken. Dort stellten wir Fragen und waren wild entschlossen, auf eine jede eine wahre Antwort zu bekommen, diese notfalls zu erzwingen. Jetzt kam ein Mathematiker daher und behauptete, dass es Fragen gäbe, die sich beim besten Willen nicht wahrheitsgemäß beantworten ließen. Das verunsicherte mich schon etwas.

»Und wie löst man dieses Problem?«, war ich gezwungen, dieser meiner Verunsicherung Ausdruck zu verleihen.

»Es ist schon spät. Lass uns morgen weitermachen.«

21

Auf dem Weg zu meiner Wohnung und auch die halbe Nacht hindurch hatte mich bewegt, was Tulök mir offenbart hatte. Auf eine solche Weise hatte ich die Dinge bislang nicht betrachtet. Zwar erschloss sich mir nach wie vor nicht, worauf er eigentliche hinauswollte, aber ich akzeptierte, dass er Schritt für Schritt vorging. Alles andere wäre aussichtslos gewesen.

Auch wenn meine Tiefschlafphase in dieser Nacht relativ kurz gewesen war, machte ich mich am nächsten Morgen, frisch beschwingt, auf den Weg zu Tulök. Er hatte mich bereits erwartet.

»Na, Horst, raucht der Kopf schon?«, begrüßte er mich.

»Es geht gerade noch. Immerhin gelingt es dir, Wissen so zu vermitteln, dass man es auch versteht.«

»Übertriebenes Lob. Meine Studenten sehen das wahrscheinlich anders, zumindest diejenigen, die nicht bis zum Schluss durchhalten.«

»Ich werde es auf jeden Fall versuchen«, versprach ich.

Wir setzten uns und gaben uns nachdenklich. Dann begann er:

»Nun, wo waren wir stehengeblieben?«

»Es stand die Frage, wie man das Problem mit den widersprüchlichen Aussagen löst.«

»Richtig. Also, es ist so: Widersprüche treten immer dort auf, wo es Rekursionen, also Rückwirkungen gibt. Bei der Aussagenlogik tritt ein Widerspruch auf, wenn eine Aussage etwas über sich selbst aussagt.«

»Und was kann man dagegen tun?«

»Man müsste entsprechende Einschränkungen vornehmen, die solche Aussagen verhindern. Bei sehr einfachen Systemen mag das gelingen, aber diese sind ja hinsichtlich ihrer Funktionalität in den meisten Fällen nicht ausreichend. Hinzu kommt, dass Rekursionen nicht immer offensichtlich und manchmal sogar notwendig sind.«

Er bemerkte meinen fragenden Blick und griff sich wieder Papier und Bleistift.

»Bei den rekursiven Aussagen, die wir betrachtet haben, war die Rekursion offensichtlich, da es sich um eine unmittelbare Rekursion handelte. Betrachten wir nun folgendes Beispiel:«

Er schrieb:

Aussage 1: »Aussage 2 ist wahr.«
Aussage 2: »Die Wiese ist grün.«

Dann erläuterte er:

»Auch hier haben wir ein rekursives System. Aussagen treffen Aussagen über andere Aussagen. Im vorliegenden Beispiel führt das noch nicht zu einer Inkonsistenz, da keine geschlossene Rekursionsschleife vorliegt. Gehen wir davon aus, dass die Wiese wirklich grün ist, dann sind beide Aussagen eindeutig wahr. Konstruieren wir uns hingegen ein System, in dem Wiesen nicht grün sind, dann sind beide Aussagen eindeutig falsch.

Jetzt ersetzen wir Aussage 2 durch eine andere:«

Wieder schrieb er etwas.

Aussage 1: »Aussage 2 ist wahr.«
Aussage 2: »Aussage 1 ist falsch.«

»Jetzt haben wir eine geschlossene Rekursionsschleife. Hierbei handelt es sich um eine mittelbare Rekursion. Aussage 1 sagt etwas über Aussage 2 aus, diese ihrerseits etwas über Aussage 1. Der Effekt ist aber derselbe wie bei einer unmittelbaren Rekursion. Wenn Aussage 1 wahr ist, dann folgt daraus, dass Aussage 2 auch wahr sein muss. Diese wiederum behauptet aber, dass Aussage 1 falsch ist. Ein Widerspruch, der in analoger Weise auftritt, wenn man Aussage 1 als falsch annimmt. Solche Rekursionen sind nicht so leicht zu überblicken, insbesondere dann, wenn es sich um ein weniger anschauliches System handelt. Die Aussagenlogik ist ein sehr dankbares Beispiel, weil man hier die Widersprüche sehr leicht erkennen kann. Bei anderen Systemen, die nicht einfach nur formale Aussagen treffen, die wahr oder falsch sein können, ist das weitaus schwieriger. Dennoch gilt auch bei diesen Systemen der Unvollständigkeitssatz, das heißt, sie werden widersprüchlich, wenn sie den Zustand der Vollständigkeit erreichen. Und diese Widersprüche werden das System zerstören.«

»Zerstören? Wie das?«

Betrachten wir das zunächst am Beispiel des formalen Systems. Erreicht dieses seine Vollständigkeit, ist es nicht in der Lage, Aussagen auszuschließen. Handelt es sich dabei um ein potenziell rekursives System, wird es zwangsläufig auch Aussagen geben, die zur Ausbildung von Rekursionsschleifen und damit zu Widersprüchen führen. Und läuft das System in einen solchen Widerspruch, dann funktioniert es nicht mehr.

Im allgemeinen Fall, das heißt bei nichtformalen Systemen, ist es so, dass Rekursionen zunächst einmal irgendeine Form von Dynamik im System erzeugen, besser gesagt, bestrebt sind, eine solche zu erzeugen. Das ist kein Problem, solange das System über Freiheitsgrade verfügt, mit denen es diese Dynamik handhaben kann. Erreicht es aber seine Grenzen, kann es dies nicht mehr und ist dann nicht mehr in der Lage zu funktionieren. Und das ist dann die Zerstörung. Wie diese Grenzen und diese Zerstörung im konkreten Fall aussehen, hängt natürlich vom betrachteten System ab. Stellen wir uns vor, wir hätten eine Maschine, die das System der Aussagenlogik repräsentiert. Wir geben eine Aussage ein und erhalten als Antwort deren Wahrheitsgehalt. Wenn wir eine rekursive Aussage eingeben, die weder wahr noch falsch ist, würde die Maschine ewig nach einer Antwort suchen, aber keine finden. Systemabsturz. Das Problem in diesem Fall ist, dass eine unmittelbare Rekursion eine Dynamik erzeugt, die sich auf die einzelne Aussage selbst beschränkt, und dazu führt, dass die Aussage entweder keinen stabilen Wahrheitswert oder aber deren zwei besitzt. Beide Fälle stellen ein widersprüchliches Verhalten dar, da eine widerspruchsfreie Aussage genau einen stabilen Wahrheitswert besitzen muss, entweder sie ist wahr oder sie ist falsch. Das bedeutet also, eine unmittelbare Rekursion führt explizit zu einem Widerspruch. Wenn wir diesen Fall ausschließen wollen, müssten wir das System so einschränken, dass keine rekursiven Aussagen zugelassen werden. Das würde aber bedeuten, das System muss unvollständig sein.

Betrachten wir nun einen anderen Fall. Wir konstruieren uns ein System, nennen wir es das ›Wahrheits-System‹, für das wir folgende Regeln festlegen:

1. Für das System muss mindestens eine wahre Aussage existieren.

2. Aussagen haben die Form ›Aussage Nummer n ist wahr‹, wobei ›n‹ die Nummer einer Aussage des Systems ist.

3. Das System soll konsistent sein.

Mit Punkt 2 gestatten wir zwar rekursive Aussagen, dennoch wollen wir entsprechend Punkt 3 ein konsistentes System erzeugen. Versuchen wir, die Aussagen des Systems zu formulieren.«

Er griff nach Stift und Papier und begann zu schreiben:

Aussage 1: »Aussage n ist wahr.«

»Jetzt müssen wir für ›n‹ einen Wert einsetzen«, erklärte er.

»Richtig.«

»Aber welchen?«

»Da wir nur eine Aussage haben, kann es ja nur die ›1‹ sein«, mutmaßte ich.

»Nein, die ›1‹ kann es nicht sein. Würde die Aussage 1 lauten: ›Aussage 1 ist wahr‹, dann würden wir ja eine Inkonsistenz erhalten, da Aussage 1 in diesem Fall – du wirst dich noch an das Beispiel erinnern – etwas über ihren eigenen Wahrheitsgehalt aussagen und eine unmittelbare Rekursion erzeugen würde. Und damit wäre sie sowohl ›wahr‹ als auch ›falsch‹.«

»Stimmt. Aber was könnten wir dann einsetzen?«

Er schrieb weiter:

Aussage 1: »Aussage 2 ist wahr.«

»Aber wir haben doch gar keine Aussage 2«, protestierte ich. Er schrieb weiter:

Aussage 1: »Aussage 2 ist wahr.«
Aussage 2: »Aussage n ist wahr.«

Anschließend erläuterte er:
»Was wir jetzt machen, ist, das System zu erweitern. Wir fügen eine neue Aussage hinzu, um die Konsistenz des Systems sicherzustellen.«
»Aber wir müssen für ›n‹ wieder einen Wert einsetzen.«
»Richtig. Welchen nehmen wir?«
»Die ›2‹ kann es nicht sein, weil dann Aussage 2 wieder ›wahr‹ und ›falsch‹ wäre, das habe ich verstanden. Also muss es die ›1‹ sein.«
»Nein, die ›1‹ kann es auch nicht sein, weil dann entweder beide Aussagen ›wahr‹ oder beide ›falsch‹ wären. Wir hätten eine Rekursionsschleife und damit wieder eine Inkonsistenz. Wir können nur Folgendes tun:«

Aussage 1: »Aussage 2 ist wahr.«
Aussage 2: »Aussage 3 ist wahr.«
Aussage 3: »Aussage n ist wahr.«

»Ich hoffe, du hast das Prinzip jetzt verstanden. Wir haben zwar ein rekursives System, solange wir es aber nach diesem Schema dynamisch erweitern, bleibt es konsistent, da Rekursionsschleifen vermieden werden. Ein solches Verhalten nennt man ›Omega-Unvollständigkeit‹, benannt nach dem letzten Buchstaben des griechischen Alphabets, dem Symbol für Unendlichkeit, weil man diese Prozedur unendlich fortsetzen muss. Diese Omega-Unvollständigkeit ist eine spezielle Form von Unvollständigkeit, aber auch sie ermöglicht dem System, seine Konsistenz zu bewahren. Problematisch wird es aber, wenn diese Dynamik eine Begrenzung erreicht, das heißt, wenn keine weiteren Aussagen hinzugefügt werden können. Nehmen wir an, es gäbe ein Axiom, das die maximale Anzahl der Aussagen begrenzt. Dann würde man irgendwann den Zustand erreichen, dass keine neue Aussage mehr erzeugt werden kann und man in der letzten Aussage für das ›n‹ die Nummer einer bereits vorhandenen Aussage einsetzen müsste. Das Ergebnis wäre eine Rekursionsschleife und damit eine Inkonsistenz.«

»Und welchem Zweck dient dieses Wahrheits-System? So einen wirklichen kann ich nicht erkennen, wenn sich Aussagen nur gegenseitig als wahr definieren.«

»Da hast du natürlich recht. Es ist eine theoretische Konstruktion, die lediglich dazu nützlich ist, Mechanismen zu veranschaulichen. Aber solche Mechanismen können Bestandteil praktischer Systeme sein.

Sehen wir uns dazu noch ein anderes Beispiel an, das uns zudem ein weiteres Problem mit den Rückwirkungen veranschaulichen soll. Nehmen wir ein System, das eine einfache Rechenoperation ausführen soll. In den Eingang des Systems wird eine Zahl x eingegeben, das System zählt 1 hinzu und gibt den berechneten Wert y am Ausgang aus, es bestimmt also den Wert ›y=x+1‹. Damit haben wir ein System ›Addiere 1‹. Es scheint zunächst, dass es keine Probleme bereitet, da das System konsistent ist. Für jede Zahl am Eingang kann ein Wert bestimmt und ausgegeben werden.«

»So weit verstehe ich das.«

»Aber was passiert, wenn wir den Ausgang des System mit dessen Eingang verbinden?«

»Weiß nicht.«

»Wir erhalten eine Rückkopplung.«

»Den Begriff habe ich schon einmal gehört«, versuchte ich mich zu erinnern.

»Ja. Und er klingt sehr unangenehm. So etwas passiert, wenn der Genosse Podiumsredner das Mikrofon zu dicht vor den Lautsprecher hält oder der Kollege Tontechniker den Verstärker zu weit aufdreht. Bei unserem System ›Addiere 1‹ passiert Folgendes: In dem Moment, wo wir die Rückkopplung herstellen, wird der Wert vom Ausgang auf den Eingang übertragen. Nehmen wir an, anfangs war der Eingangswert ›0‹ und der Ausgangswert somit ›1‹. Diese ›1‹ wird durch die Rückkopplung an den Eingang übertragen und das System würde seinen Ausgang auf ›2‹ setzen. Diese wird wieder an den Eingang übertragen und so weiter. In diesem Fall wird also die Zahl am Ausgang größer und größer.

An dieser Stelle können wir noch einmal auf unser ›Additionssystem‹ zurückkommen, du erinnerst dich. Dieses hat ja eine gewisse Verwandtschaft mit ›Addiere 1‹ und auch die Inkonsistenz, die dort auftreten kann und die ich dir noch erläutern wollte, hat eine gewisse Ähnlichkeit. Bei diesem System hatten wir eine Schlussregel definiert, nach der wir zum linken und rechten Term einer Gleichung jeweils ›1‹ addieren können und die da lautete:

$L(Fn)+1=R(Fn)+1$

Wenn wir diese anwenden, könnte das folgendermaßen aussehen. Nehmen wir an, wir hätten in unserem System diese Formel abgeleitet, geben wir ihr die Nummer 6:

Formel 6:   6=6

Wenn wir darauf jetzt die genannte Schlussregel anwenden, um die Formel 7 zu erzeugen, sieht das so aus:

Formel 7:   L(F6)+1=R(F6)+1

Wenn wir das auflösen wollen, müssen wir die entsprechenden Terme aus Formel 6 einsetzen und erhalten:

$$6+1=6+1$$
$$7=7$$

Bis hierhin ist alles konsistent. Ein Problem bekommen wir aber, wenn wir die Schlussregel auf ihr eigenes Resultat anzuwenden versuchen, wenn wir beispielsweise schreiben:

Formel 7:   L(F7)+1=R(F7)+1

Um das aufzulösen, müssten wir für ›L(F7)‹ den linken Term von Formel 7, also ›L(F7)+1‹, für ›R(F7)‹ analog deren rechten Term einsetzen. Das führt formal zu:

Formel 8:   L(F7)+1+1=R(F7)+1+1
Formel 9:   L(F7)+1+1+1=R(F7)+1+1+1
Formel 10:   L(F7)+1+1+1+1=R(F7)+1+1+1+1
Und so weiter.

Das Problem dabei ist, dass wir den Teil eines Terms durch den gesamten Term zu ersetzen versuchen. Damit haben wir eine Rekursion erzeugt, mit dem Ergebnis, dass die Terme beständig anwachsen. Erinnert stark an das Verhalten des Systems ›Addiere 1‹. Wir hätten bei beiden Systemen dasselbe Verhalten wie bei unserem ›Wahrheits-System‹. Bei einem theoretischen System wird der Wert ins Unendliche laufen. Wir bräuchten wieder eine Omega-Unvollständigkeit, die dem System die Konsistenz sichert. Allerdings tritt eine solche aus verständlichen Gründen nur bei theoretischen Systemen auf. Bei einem praktischen System wie unserer Mikrofon-Verstärkeranlage gibt es keine Unendlichkeit. Hier wird irgendeine technische Begrenzung erreicht. Das kann eine Sicherung sein, oder das Gerät selbst ist die Sicherung. Auf jeden Fall verliert das System, wenn diese Grenze erreicht ist, seine Unvollständigkeit und wird demzufolge inkonsistent. Praktisch bedeutet das, es wird einen Fehlerzustand einnehmen, der reversibel oder im ungünstigen Fall auch permanent sein kann. Du siehst, Rückwirkungen können nicht nur theoretische, sondern auch praktische Zerstörung anrichten.«

»Also wäre es doch am günstigsten, Rückkopplungen, Rekursionen und Ähnliches von vornherein auszuschließen?«

»Das ist nicht so leicht zu beantworten. Erstens ist es schwierig. Man müsste alle potenziellen Rückwirkungen von vornherein erkennen und unterbinden. Es ist fraglich, ob das gelingt. Man muss beachten: Die Unvollständigkeit eines Systems ist zwar notwendig für dessen Konsistenz, aber kein Garant dafür. Ein System kann problemlos unvollständig und trotzdem inkonsistent sein. Sicher ist nur, dass es inkonsistent wird, sobald es vollständig ist. Und es gibt einen zweiten Punkt, den man beachten muss. In manchen Fällen sind Rückwirkungen erwünscht, teilweise sogar notwendig.«

»Hast du dafür auch ein Beispiel?«

»Nun, die Regelungstechnik, zum Beispiel.«

»Davon verstehe ich leider nicht allzu viel.«

»Gut, dann etwas konkreter. Stell dir vor, wir wollen unseren afrikanischen Freunden helfen und in der Wüste eine Trinkwasserversorgungsanlage bauen. Wir haben am Rand der Wüste einen Fluss, der genügend Wasser führt. Dieses muss entsprechend behandelt werden. Wir legen einen kleinen Stausee an, aus dem wir das Wasser abpumpen und aufbereiten Dann wird es mittels einer Wasserleitung zu einem Dorf geleitet. Dort fließt es in einen Brunnen, aus dem es entnommen wird. Kannst du dir das einigermaßen vorstellen?«

»Bis jetzt kein Problem.«

»Gut. Jetzt machen wir uns daran, das System ›Trinkwasserversorgung‹ zu konzipieren. Dazu betrachten wir zwei Varianten. Die erste besteht darin, dass wir vorab Berechnungen anstellen. Wir zählen, wie viele Leute in dem Dorf leben, wir untersuchen, wie viele Liter Wasser jeder von ihnen am Tag verbraucht und berechnen daraus, wie viel Wasser wir täglich bereitstellen müssen. Auf diesen Wert stellen wir unsere Anlage ein. Damit haben wir ein wunderbar rückwirkungsfreies und damit konsistentes System, aber…«

»Was, aber?«

»Nun, die Anlage hat ein konstantes Produktionsvolumen. Das bedeutet zunächst einmal, das Wasser muss rationiert werden. Jeder bekommt seine festgelegte Menge zugeteilt. Manch einer wird sich mehr Flexibilität wünschen. Weiterhin ist das System nicht in der Lage, auf Veränderungen zu reagieren. Stell dir vor, die Bevölkerungszahl des Dorfes verringert sich. Dann produzieren wir zu viel Wasser. Der Brunnen läuft irgendwann über. Schade um das schöne Wasser. Oder schlimmer. Die Bevölkerung wächst, dann ist die Menge nicht ausreichend. Oder es gibt ein technisches Problem. Die Wasserleitung könnte undicht werden, sodass ein Teil des Wassers beim Transport verlorengeht. Oder ein Spitzbube könnte die Leitung anbohren und heimlich Wasser abzapfen, oder, oder, oder…«

»Und wie lösen wir das?«

»Betrachten wir die Variante 2: Wir könnten in den Brunnen einen Wasserstandsmesser einbauen und einen Regelkreis für unsere Anlage aufbauen. Ist genügend Wasser im Brunnen, dann schalten wir sie ab, sinkt der Pegel unter ein festgelegtes Minimum, schalten wir sie wieder an. Oder wir entwerfen gar ein optimiertes Verfahren, bei dem wir nicht nur ein- und ausschalten, sondern die aktuell erzeugte Menge an den Pegelstand anpassen.«

»Klingt gut. Damit dürfte die Variante 2 wohl die bessere sein.«

»Sieht auf den ersten Blick so aus.«

»Wie meinst du das?«

»Nun, wir produzieren Trinkwasser und leiten es in einen Brunnen, das heißt, die Produktion beeinflusst den Wasserstand im Brunnen. Der Wasserstand im Brunnen wiederum beeinflusst die Produktion. Damit haben wir eine Rekursion, eine Rückkopplung im System, die potenziell Probleme verursachen kann. Inkonsistenz, schon vergessen?«

»Aber wie könnte die aussehen?«

»Nun, das Ziel der Regelung besteht ja darin, für Flexibilität zu sorgen, weg von der Rationierung. Die Entnahme erfolgt nun individuell. Im ungünstigsten Fall wird sich jeder nach Belieben aus dem Brunnen bedienen, bis die Anlage an ihre Kapazitätsgrenze kommt. Dann reicht das Wasser nicht für alle. Aber selbst, wenn man diesen extremen Fall unterbindet, gibt es problematische Szenarien. Günstig für die Anlage wäre es, wenn sie halbwegs kontinuierlich produzieren könnte. Das würde aber voraussetzen, dass die Wasserentnahme auch möglichst gleichmäßig über den Tag verteilt erfolgen müsste. Jetzt möge aber die Forderung bestehen, dass jeder zu jeder Zeit Wasser in ausreichender Menge entnehmen kann. Dazu müsste der Brunnen nach Wasserentnahme sofort wieder randvoll gefüllt werden. Je kürzer die dafür zulässige Zeit ist, desto höher sind die Anforderungen an die Regelung, da in sehr kurzer Zeit eine sehr große Menge produziert werden muss. Und weil keine Regelung unter solch extremen Bedingungen perfekt arbeitet, wird der Brunnen bei jeder Füllung überlaufen. Das mag zunächst kein Problem sein, das System hat ja Reserven. Was aber, wenn diese Reserven aufgebraucht sind? Nehmen wir an, dass eine Trockenperiode einsetzt. Der Fluss führt jetzt weiniger Wasser, die Menge wäre aber für die Versorgung gerade noch ausreichend. Die ungeregelte Anlage hätte damit kein Problem und würde weiterarbeiten wie bisher. Bei der geregelten würde ständig Wasser verlorengehen. Das Ergebnis wäre Wassermangel. Das System hat seine Grenzen erreicht und zerstört sich.«

»Von Zerstörung kann man in diesem Fall wohl nicht reden.«

»Im technischen Sinn vielleicht nicht. Aber wir haben unser System ›Trinkwasserversorgung‹ genannt. Und es werden Menschen verdursten. Damit erfüllt das System seine Aufgabe nicht. Ist das nicht irgendwie eine Zerstörung?«

»Aber kann man nichts dagegen tun?«

»Was man tun müsste, ist, das System aus seiner Begrenzung, sprich aus seiner Vollständigkeit zu führen. Nur dann kann es seine Konsistenz wiedererlangen. Da man wahrscheinlich nicht mehr Regen erzeugen und auch den individuellen Wasserbedarf nicht verringern kann, gäbe es wohl nur den einen Weg: Man müsste die Regelung der Anlage so anpassen, dass sich der Brunnen weniger schnell füllt. Damit ließe sich das Überlaufen und der damit verbundene Wasserverlust vermeiden. Das System wäre theoretisch wieder funktionstüchtig.«

»Wieso theoretisch?«

»Wenn wir es rein technisch betrachten, wäre alles wieder gut. Aber das System ist leider noch etwas komplexer. Wir reduzieren die Geschwindigkeit, mit der die Füllung des Brunnens vonstattengeht. Objektiv ist das notwendig, um die Versorgung zu sichern, aber welche subjektive Wirkung hat das? Bisher war man daran gewöhnt, dass der Brunnen ständig randvoll gefüllt ist. Jetzt ist das nicht mehr so. Das wird die Dorfbewohner denken lassen, es bestehe Wassermangel. Ergebnis: Wenn Wasser im Brunnen ist, wird jeder versuchen, so viel wie möglich zu entnehmen und schon erweist sich unsere technische Maßnahme als nutzlos. Das System wird wieder an seine Grenzen gebracht. Gut, es lässt sich spekulieren, welches Szenario genau eintritt. Was wir hingegen mit Sicherheit sagen können: Wenn das System seine Grenzen erreicht, wird es sich zerstören.«

Ich gab auf.

Wir saßen beide eine Weile nachdenklich und in andächtigem Schweigen da. Dann sagte er:

»Ich denke, das genügt für heute. Durchdenke das alles noch einmal. Beim nächsten Mal werden wir die bisher gewonnen Erkenntnisse auf unser ›globales Gesellschafsmodell‹ anwenden.

22

Tulök hatte mein Weltbild an diesem Wochenende gehörig ins Wanken gebracht. Zwar war er mit seinen Erläuterungen noch nicht am Ende, aber immerhin war ich zu der Einsicht gekommen, dass Nachdenken manchmal eine äußerst notwendige Tätigkeit ist. Ich, in meiner Eigenschaft als erfahrener Kämpfer, war es gewohnt, Probleme in der Weise zu lösen, einfach mit einem großen Hammer draufzuschlagen. Und wenn es hinterher immer noch kaputt war, nahm man eben einen noch größeren. Wissenschaft ist etwas sehr Subtiles, das hatte ich erkannt. Ja, ich gewann sogar Freude daran. Ich hätte es regelrecht bedauert, nicht selbst einen solchen Beruf angestrebt zu haben, wäre ich mir nicht dessen bewusst gewesen, in welcher Position ich mich befand. Tulök war zwar Wissenschaftler, ich aber war Mitglied des Zentralkomitees der bedeutendsten Partei in unserem Land. Ich spürte, dass daraus eine Synergie entstehen konnte, die eine höhere Wirkung hätte, als wenn wir beide Wissenschaftler gewesen wären. Es dauerte nicht allzu lange, bis dieses Gefühl Bestätigung erfuhr.

Man kann möglicherweise – falls man Tulöks bisherigen populärwissenschaftlichen Ausführungen mit derselben Begeisterung gefolgt ist wie ich, sogar wahrscheinlich – nachvollziehen, dass ich darauf brannte, alles zu erfahren. Leider musste ich mich diesbezüglich in Geduld üben, da meine Verfügungsgewalt über meine Freizeit in dieser Phase gewissen Einschränkungen unterlag. Dafür waren nicht nur die gewachsenen Aufgaben im Zuge meines innerparteilichen Aufstiegs verantwortlich; auch erforderte die sich bereits sanft zuspitzende politische Lage im Land von mir ein erhöhtes Engagement im Rahmen meiner dienstlichen Tätigkeit. Und noch eine Aufgabe kam hinzu: Eigenständig zu denken und zu handeln. Bislang war ich es gewohnt, Anweisungen von oben zu bekommen und nach unten durchzusetzen. Diese zu hinterfragen war nicht, sich welche auszudenken auch nicht; bis zu einer Situation, die eigentliche derer zwei waren und die alles änderte.

Es begann auf meiner zweiten Tagung des Zentralkomitees. Dort zeichnete sich die niemals für möglich gehaltene Spaltung dieses Gremiums bereits ab. Die Ursache war ein lautes Knirschen im Gebälk des demokratischen Zentralismus, das von einigen erfahrenen Genossen mit abgeschalteten Hörgeräten nicht vernommen worden war. Diejenigen, die es gehört hatten, wollten Maßnahmen beschließen, mussten sich aber der mangelnden Ge- und Entschlossenheit beugen. Gegen jede Art von Fehlsichtigkeit gibt es eine Brille, nur nicht gegen die Uneinsichtigkeit.

Nach der Tagung – es war spät geworden und ich wollte eigentlich nur noch nach Hause – nahm mich einer der Genossen zur Seite. Sein Name war Gernot Senk. Er war früher einmal in unserer Abteilung tätig gewesen. Das war lange her, aber ich konnte mich noch an ihn erinnern.

Senk war im Zentralkomitee so etwas wie die »graue Eminenz«, auch im wörtlichen Sinn. Neben dem für sein Alter vergleichsweise vollen Kopfbewuchs entsprechender Färbung, für das ihn so mancher lenin- und linientreue Haarausfallpatient aus rein ideologischen Gründen die Bewunderung verwehrte, trug er stets einen grauen Anzug und eine ebensolche Krawatte. Lediglich die Schuhe waren schwarz; das aber wohl nur aus dem Grund, weil er halbwegs geeigneten Fußbesatz, der mit seiner übrigen Erscheinung Ton in Ton ginge, aus dem nichtsozialistischen Ausland hätte beziehen müssen.

Darüber hinaus entsprach er dem angeführten Klischee auch auf der metaphorischen Ebene. Er war derjenige, der im Hintergrund die Fäden zog, ohne dass irgendjemand – insbesondere auch von denen, die an diesen Fäden hingen – etwas davon mitbekam. Würde irgendwann das Haupt des Königs fallen, dann nur, weil Senk dessen Kopffaden losgelassen hatte. Doch über all das sollte ich erst später ins Bild gesetzt werden.

»Horst«, sprach er mich an. Dass er nicht »Genosse Pauschlik« gesagt hatte, ließ mich vermuten, er suchte mein Vertrauen.

»Was gibt es?«

»Können wir reden?«

Ich war verwundert, da wir uns darin gerade über mehrere Stunden versucht hatten. Ich musste den Unterschied zwischen »Reden« und »Gerede« wohl erst noch lernen. Dennoch gewährte ich ihm die Bitte, auch wenn ich, wie schon erwähnt, eigentlich so schnell wie möglich nach Hause wollte.

»Wie siehst du die Sache?«, kam er mit seinem Anliegen rüber.

»Welche Sache?«

»Die politische Lage im Land. Oder gehörst du auch zu denen, die es nicht bemerkt haben oder nicht bemerken wollen?«

Eigentlich hatte ich in diesem Moment nicht vor, mich um Kopf und Kragen zu reden, weshalb ich auszuweichen versuchte.

»Ich bin noch neu hier. Wie du vielleicht weißt, bin ich erst seit Kurzem dabei…«

»Und wie du vielleicht nicht weißt, bin ich der Grund dafür, dass du dabei bist. Ich habe dich geholt, weil ich dich brauche.«

»Wieso gerade mich?«

»Bevor ich dir eine Antwort gebe, gestatte bitte eine Frage.«

»Gut.«

»Auf welcher Seite stehst du?«

»Wie meinst du das?«

»Du hast doch gerade an der Tagung teilgenommen. Auch wenn du neu bist, müsste dir aufgefallen sein, dass ein Riss durch unsere Reihen geht. Gehörst du zu denen, die ihre Augen und Ohren vor den Problemen verschließen, oder doch zu denen, die sich ihnen stellen und mit anpacken?«

»Wenn du so fragst, zu den Letzteren. Und wieso brauchst du mich?«

»Es geht um Tulök. Du kennst ihn doch gut?«

»Ja.«

»Eigentlich brauche ich ihn, glaube ich zumindest. Du weißt, woran er arbeitet?«

»Das auch. Und du?«

»Genau weiß ich es nicht, aber ich wüsste es gern. Vor langer Zeit war ich mit ihm gut bekannt. Bis er sich mit Äußerungen hervortat, wie ›Ich werde euch allen beweisen, dass ihr euch irrt‹. Damals habe ich das nicht ernst genommen, allerdings ist mein Verhältnis zu ihm deswegen bis heute gestört. Wenn er wirklich beweisen kann, dass wir uns irren, was immer er damit auch meint, dann brauche ich ihn. Ich bin davon überzeugt, dass in Kürze Entscheidungen anstehen, die bedeutsam für das Schicksal unseres Landes sind, so ernst muss ich das ausdrücken. Und wie ich die Lage im Zentralkomitee einschätze, bekommen wir momentan nicht einmal eine einhellige Entscheidung zustande, geschweige denn eine brauchbare. Wenn du der Meinung bist, dass Tulök hier einen wertvollen Beitrag leisten kann, dann würde ich ihn gern dabeihaben. Leider komme ich nicht an ihn ran. Könntest du dabei helfen?«

»Soweit ich es einschätzen kann, ist seine Arbeit für uns durchaus bedeutsam. Ich werde ihn bitten, uns zu beraten.«

Er klopfte mir auf die Schulter und schenkte mir ein Lächeln, das man so oder so auslegen konnte. Dann war er weg und ich kam mir in gewisser Weise bedeutend vor. Schließlich war Gernot Senk nicht irgendwer. Sein Wort hatte schon ein gewisses Gewicht. Und er schien doch besser über meine Beziehung zu und über meine Arbeit mit Tulök informiert zu sein, als ich mir von überhaupt jemandem hätte versprechen können. Das alles war wohl der Grund dafür, mich in die Schwierigkeiten zu bringen, die da draußen schon auf mich warteten.

23

Mein Gespräch mit Senk war zwar kurz gewesen, aber nicht kurz genug, als dass ich mich im Überschwang der Erkenntnis, von nun an wichtig zu sein, ziemlich weit aus dem Fenster gelehnt hatte. Eigentlich hing ich nur noch mit einer Schuhspitze am Sims. Ich hatte unvorsichtigerweise zwei Erwartungen geweckt, nämlich dass Tulöks Arbeit über die Fähigkeit und er selbst über die Bereitschaft verfügte, uns behilflich zu sein. Ich hatte Senk nicht enttäuschen wollen, als ich ihm in dusseliger Voraussicht diese Zusage gegeben hatte, jetzt bestand die Gefahr, dass die Enttäuschung noch größer wurde. Doch darum ging es ja gar nicht. »Enttäuschung« war in der momentanen Lage keine relevante Kategorie, es ging um so viel mehr. Das Ergehen eines Landes stand auf dem Spiel.

Also beschloss ich trotz meines umfangreichen Arbeitspensums, das nächste Treffen mit Tulök vorzubereiten. Ich konnte mir sicher sein, dass mich Senk spätestens auf der nächsten Tagung des Zentralkomitees erneut auf ihn ansprechen, wahrscheinlich aber nicht so lange damit warten und mich sogar zu einer Sitzung des Politbüros zitieren würde. So wollte ich zumindest vorbereitet sein.

Ich öffnete meinen Kalender, der anzeigte, dass wir bereits Ende Juni erreicht hatten Die Zeit jagte nur so dahin und schob eine Wulst von Terminen vor sich her. Aber es half nichts, ich musste mit Tulök reden. Wenn ich es geschickt anstellte, konnte ich es am nächsten Wochenende einrichten. Freitagabend hin, am nächsten Vormittag wieder zurück; nicht komfortabel, aber nicht anders zu machen. Glücklicherweise konnte mir Tulök den Termin auf meine telefonische Anfrage hin sofort bestätigen.

Während meiner Fahrt nach Leipzig musste ich die ganze Zeit darüber nachdenken, welche wohl die schwierigere Aufgabe an diesem Abend sein würde: Seine mathematischen Ausführungen, die ja immer noch anstanden, zu verstehen oder ihn davon zu überzeugen, jemandem zu helfen, zu dem er möglicherweise immer noch ein angespanntes Verhältnis hatte. Als ich gegen 19:30 Uhr bei ihm eintraf, war die Frage gegenstandslos geworden.

Seine Frau öffnete mir die Tür. Sie war völlig aufgelöst.

»Gerd ist heute verhaftet worden«, erklärte sie mir unter Tränen.

»Polizei?«

»Nein, Staatssicherheit.«

»Mach dir keine Sorgen, ich kläre das.«

Dieses Mal hatte ich die Treppe nach unten mindestens ebenso schnell bewältigt wie Tulök, wenn er auf dem Weg in sein Büro war. Wenn man es genau nahm, war ich ja jetzt auch auf dem Weg in mein Büro, jedenfalls in mein ehemaliges. Ich war dort seit Jahren nicht mehr gewesen und deshalb gespannt auf ein Wiedersehen. Vielleicht sah es sogar noch so aus wie früher, doch das war mir in diesem Moment egal. Für mich gab es Wichtigeres.

Als ich die Bezirksverwaltung des Ministeriums für Staatssicherheit am Dittrichring, heute bekannter unter dem Namen »Runde Ecke«, erreichte, musste ich zu meinem Leidwesen feststellen, dass diese zwar noch personell, nicht aber kompetent besetzt war. Es war Freitagabend, 20:00 Uhr, da darf der Klassenkampf schon einmal eine verdiente Feuerpause einlegen. Zunächst gab man vor, mir nicht weiterhelfen zu dürfen, und nach Vorlegen meines Dienstausweises, nicht weiterhelfen zu können. Schließlich fand ich doch noch jemanden, der mir zumindest eine vage Auskunft geben konnte. Ich erfuhr, dass es im Umfeld der Nikolaikirche zu »Maßnahmen« gekommen war und dass daraufhin Personen identifiziert worden sind, die zu verhören waren. Weiterhin sagte man, dass sich die gesuchte Person wahrscheinlich in der Untersuchungshaftanstalt befindet. Genau wusste man es aber nicht. Nun, dieser Gedanke war zumindest naheliegend und da sich dieses »Institut« ganz in der Nähe befand, beschloss ich, mein Glück zu versuchen. Leider hatte es mich verlassen und ich würde es an diesem Tag auch nicht mehr erlangen können.

Die Untersuchungshaftanstalt befand sich in einem Gebäudekomplex zwischen der Dimitroff- und der Beethovenstraße, ausgerechnet. Lange Zeit hielt sich das hartnäckige Gerücht, dass man diesen Ort mit Bedacht gewählt hätte, weil man hier angeblich nur Dienst tun dürfe, wenn man ein getreuer Kommunist und zudem auf beiden Ohren taub sei. Und irgendwie schien sich dieses Gerücht gerade zu bestätigen. Zwar erhielt ich die Auskunft, dass sich Tulök in Gewahrsam befinde, aber man ließ mich nicht zu ihm, geschweige denn, dass ich ihn sofort hätte mitnehmen können. So blieb mir nur, seine Frau hinsichtlich meines Versprechens auf später zu vertrösten. Noch in der Nacht trat ich die Rückfahrt nach Berlin an; ich hatte keine Zeit zu verlieren.

Am nächsten Morgen bat ich Gernot Senk und den Genossen Minister zu einer Besprechung. Mit Senk hatte ich kein Problem, er war sofort bereit, mir Unterstützung zu geben. Beim Minister war es schon schwieriger, wie ich nur allzu leicht nachvollziehen konnte. Wer lässt sich schon gern von seinen Untergebenen am Wochenende frühmorgens aus dem Bett klingeln. Demzufolge gab er sich mürrisch. Als ich aber beibrachte, worum es ging und dass auch Senk mit dabei sein würde, stimmte er zu. Leider war es schon Mittag, bevor wir alle beieinandersaßen. So war ich in höchster Eile.

»Wer hat Tulöks Verhaftung angeordnet?«, fragte ich, wobei ich den Tonfall der Anklage in meiner Stimme nicht vollständig unterdrücken konnte.

»Ich war es nicht«, verteidigte sich der Genosse Minister.

»Wir brauchen Tulöks Hilfe, es ist wichtig«, erklärte Senk und fügte hinzu: »Wenn er in Haft sitzt, kann er uns nicht helfen, wenn er zu lange dort sitzt, wird er möglicherweise dazu nicht mehr bereit sein.«

»Ich bin noch nicht informiert worden. Aber ich denke, die Genossen vor Ort werden ihre Gründe haben.«

»Trotzdem müssen wir etwas unternehmen.«

Senks Blick war stechend, was den Genossen Minister zu beeindrucken schien. Er griff zum Telefon.

»Den Genossen Kleichmeier bitte… Ja, ich warte… Ist gerade nicht…«

Dann legte er wieder auf.

»Wir würden uns persönlich darum kümmern, falls es erforderlich ist«, bot ich an und warf Senk einen Seitenblick zu. Sein angedeutetes, dennoch entschlossenes Nicken bestätigte mir, dass er meine Intention verstanden hatte.

So saßen wir beide dreißig Minuten später in meinem Dienstwagen und befanden uns zusammen mit einem vom Genossen Minister unterzeichneten Befehl auf dem

Weg nach Leipzig. Auch wenn weder Senk noch ich an diesem Tag dafür eigentlich Zeit gehabt hätten, ging das natürlich vor. Für mich war es oberste Priorität, meinen Freund so schnell wie möglich aus der Untersuchungshaft zu holen. Nicht nur, dass ich eine sehr genaue Vorstellung davon hatte, was ihn dort im Allgemeinen erwartete; zusätzliche Sorge bereitete mir die Tatsache, dass man in Berlin nichts davon wusste. Das ließ vermuten, dass die »unteren Chargen« vor Ort ihrer Eigenmacht freien Lauf ließen, vermutlich mit dem Ziel, sich Verdienste ans Revers zu heften. Das bedeutete nichts Gutes. Dass Senk mit von der Partie war, hatte einen mindestens ebenso wichtigen Grund. Er hoffte, auf diese Weise seine Beziehung zu Tulök ins Reine zu bringen und sich dessen zweifelsfrei zu versichern, dass jener das Hilfegesuch unter diesen besonderen Umständen nicht würde ablehnen können.

In der Tat kamen wir gerade zum rechten Zeitpunkt. Bislang hatte sich noch niemand gefunden, Tulök einem »strengen Verhör« zu unterziehen. Auch ich verzichtete darauf, obwohl ich ihm die Frage eigentlich hätte stellen müssen, wie es ihm gelungen war, sich in diese Lage zu manövrieren. Da es aber irgendetwas mit »Nikolaikirche« zu tun hatte, war mir klar, dass es sich nur um seine »Arbeit« gehandelt haben konnte. Ich ging auch nicht davon aus, dass er sich ernsthaft etwas hatte zuschulden kommen lassen. Wahrscheinlich war er nur zur hinreichend falschen Zeit am hinreichend falschen Ort, um mit der hinreichend große Schippe eingesackt zu werden. Sollte es anders gewesen sein, wollte ich es auch gar nicht wissen. Immerhin hatte sich für uns, sowohl für Senk als auch für mich, die Intention dieser Reise in Realität überführen lassen. Tulök hatte sofort seine Bereitschaft erklärt, uns in der sich anspannenden Lage seinen Rat beizustellen. In dieser Gewissheit traten wir die Rückfahrt an.

Leider gab es, zumindest was mich betrifft, doch noch eine Ungewissheit. Ich hatte den letzten Teil von Tulöks wissenschaftlichen Ausführungen immer noch nicht gehört. In dieser Situation hatte sich keine Gelegenheit dazu ergeben. Senk musste sofort nach Berlin zurück, ich eigentlich auch und Tulök würde sich von dem unangenehmen Erlebnis erst einmal erholen müssen.

24

Zwei Wochen später trafen wir uns wieder. Tulök schien nach dem jüngsten Vorkommnis vollkommen wieder hergestellt zu sein. Ich brannte darauf, all das zu erfahren, was er mir zu sagen hatte. Er tat es ebenfalls, denn er hatte wohl das Gefühl – und seine kürzlich erlittene Inhaftierung schien dieses Gefühl massiv zu bestätigen –, dass er auf einen Verbündeten angewiesen sein würde, der nicht nur seine Gedanken versteht, sondern ihnen auch an entsprechender Stelle Geltung zu verschaffen wüsste.

Es war wieder einmal Freitagabend und wir saßen gemütlich in seinem Wohnzimmer. Seine Frau hatte sich bereits zurückgezogen, wir machten gerade den Rest der teuren Flasche nieder, um uns in die rechte Stimmung zu bringen. Als sie geleert war, wollte er sie eigentlich durch eine neue ersetzen; Gastfreundschaft hat ja bei Osteuropäern, die zumindest die Hälfte seiner Wurzeln bildeten, bekanntermaßen einen hohen Stellenwert. Ich aber sah mich gezwungen, das zu unterbinden.

»Nicht Gerd. Deshalb bin ich nicht gekommen. Außerdem fürchte ich, auf einen klaren Verstand angewiesen zu sein.«

»Du hast recht«, bestätigte er und stellte die Flasche wieder dorthin zurück, wo er sie hergeholt hatte, tat dies aber mit der eindeutigen Geste, dass sie bei nächstbester Gelegenheit zum verdienten Einsatz kommen würde. Dann setzte er sich wieder zu mir und begann.

»Also gut, starten wir mit dem Thema ›Gesellschaftmodell‹. Als Grundlage dafür brauchen wir die Dinge, die ich dir zum Thema ›Systeme‹ bereits erläutert hatte. Ich hoffe du hast sie verstanden und sie sind so weit noch präsent. Es ist ja inzwischen einige Zeit her.«

»Ich denke schon«, gab ich mich selbstbewusst, schränkte aber sofort ein: »Sollte es dennoch Lücken in meiner Erinnerung geben, wirst du sie hoffentlich umgehend wieder schließen können.«

Derartige Probleme kannte er wohl von seinen Studenten zur Genüge, weshalb er kein Anzeichen von Verwunderung oder Verunsicherung nach außen dringen ließ.

»Die Untersuchung des Systems ›Gesellschaftmodell‹ ist weitaus schwieriger als die Beispiele, die wir bislang betrachtet haben. Dieses System ist nämlich vom Wesen her zunächst kein formales System, das mit für uns anschaulichen und leicht zu verstehenden wahren und falschen Aussagen arbeitet. Zwar würde es sich in ein solches System überführen lassen, das jedoch ist sehr kompliziert. Man müsste dazu alle Eigenschaften und Vorgänge mit formalen Aussagen beschreiben, im Grunde genommen das, was ein Computerprogramm macht. Und je komplexer das System, desto aufwändiger ist das selbstverständlich. Doch zumindest besteht diese Möglichkeit und damit ist gewährleistet, dass sich das System wie ein formales System verhält. Nun zu den Betrachtungen:

Wir haben im Moment im Wesentlichen zwei unterschiedliche Gesellschaftssysteme auf der Welt, das kapitalistische und das sozialistische System.«

»Ist mir bekannt«, gab ich zurück, nicht weil jetzt schon gelangweilt, sondern froh darüber, zumindest den Einstieg noch zu verstehen.

»Aber diese Klassifizierung ist zu simpel, da wir für jedes dieser Systeme zumindest einmal eine politische und eine ökonomische Komponente berücksichtigen müssen. Was die politische Komponente betrifft, da haben wir auf der einen Seite – mal abgesehen von einigen monarchistischen Elementen, die in einigen Ländern noch bestehen, ohne einen entscheidenden Einfluss zu haben – die parlamentarische Demokratie, auf der anderen Seite das, was wir ›Demokratischen Zentralismus‹ oder auch ›Diktatur des Proletariats‹ nennen. Betrachtet man es ökonomisch, haben wir es mit Marktwirtschaft auf der einen, mit Planwirtschaft auf der anderen Seite zu tun. Ich gebe zu, ich bin kein Gesellschaftswissenschaftler und weiß nicht, ob sich diese Komponenten in beliebiger Weise miteinander kombinieren ließen, was ich aber sehe, ist, dass es im Moment nur zwei Kombinationen gibt. Die kapitalistischen Staaten haben eine Kombination aus parlamentarischer Demokratie und Marktwirtschaft, die sozialistischen aus demokratischem Zentralismus und Planwirtschaft. Betrachten wir diese Kombinationen aus systemtheoretischer Sicht und beginnen wir mit dem kapitalistischen System.«

Er machte eine kurze Pause, wohl um zu eruieren, ob er sich von mir einen Widerspruch einhandeln würde. Da dieser Ausblieb, sprach er weiter.

»Erinnerst du dich noch an unser Beispiel mit der Trinkwasserversorgung? Die Varianten, die wir betrachtet hatten?«

»Ja.«

»Eine ungeregelte und eine geregelte Anlage?«

»Ja.«

»Weißt du noch, welcher du den Vorzug gegeben hattest?«

»Prinzipiell, der geregelten. Diese schien zumindest technisch ausgereifter und flexibler zu sein.«

»Und bist du dir darüber im Klaren, damit dem Klassenfeind in die Hände zu spielen?«

»Wieso?«

»Nun, weil diese Variante ein stark vereinfachtes Bespiel dafür darstellt, wie Marktwirtschaft funktioniert.« Er rollte bedeutungsvoll mit den Augen, so, als hätte er mich des Landesverrates überführt.

»Entschuldigung, das war mir nicht bewusst.« Schwachsinn. Wieso sollte ich mich entschuldigen? Wer war hier denn der Abweichler?

»Du musst dich nicht entschuldigen. Es ist in der Tat so, dass das marktwirtschaftliche System zunächst einmal hervorragend funktioniert. Insbesondere hat es aufgrund der bestehenden Rückwirkungen eine sehr hohe Dynamik, soll heißen, Dinge können sich unglaublich schnell entwickeln. Gibt es irgendwo einen Bedarf, wird das System schnellstmöglich mit einem Angebot reagieren, das diesen Bedarf befriedigt. Stößt es aber an seine Grenzen, wird es kritisch.

Verstärkt wird dieses Problem durch Konkurrenz, die ja ein wesentliches Element der Marktwirtschaft darstellt. Hier tritt nämlich ein weiteres Phänomen zutage, das wir als ›Nash-Gleichgewicht‹ bezeichnen, benannt nach dem Mathematiker John Forbes Nash, der es untersucht hat. Es beschreibt den Zustand eines Systems in Konkurrenzsituationen, in denen mehrere Konkurrenten unabhängig voneinander versuchen, das System für sich zu optimieren. Die wichtigste Erkenntnis aus dieser Theorie ist, dass ein solches Verfahren der unabhängigen Optimierungen nicht zwangsläufig zu einer Optimierung des Systems führt.«

»Du meinst, jeder versucht, das System zu verbessern, aber es wird dabei nicht besser?«

»Nun, diese Formulierung ist nicht ganz korrekt. Wichtig ist, dass jeder für sich selbst das Beste herausholen möchte. Machen wir ein Beispiel, um es zu verstehen:

Das Haus brennt und die Menschen, die sich darin befinden, wollen so schnell wie möglich durch den Notausgang ins Freie gelangen. Am schnellsten würde es gehen, wenn sie nacheinander in einer Reihe durchgehen. Das wäre, insgesamt gesehen, optimal. Wenn aber jeder von ihnen versucht, für sich selbst das Optimum zu erreichen, das heißt als Erster durch die Tür zu kommen, wird ein Gedrängel entstehen, das die ganze Prozedur verzögert. Vielleicht mag es ja auf diese Weise demjenigen, der ganz hinten in der Reihe stand, gelingen, als Erster nach draußen zu gelangen, aber die Evakuierung insgesamt wird länger dauern.«

»Aber das muss den Leuten doch klar sein. Das wird doch in jeder Notfallübung geprobt.«

»Aber im Notfall funktioniert es eben nicht. Außerdem können wir die Bedingungen noch verschärfen. Nehmen wir an, die Lage ist bereits so kritisch, dass man davon ausgehen muss, dass es nicht mehr alle nach draußen schaffen werden. Dann will natürlich niemand der Letzte sein. Aus subjektiver Sicht ist das sogar verständlich. Jeder versucht, sich selbst in Sicherheit zu bringen. Insgesamt wird aber das Ergebnis sein, dass es weniger Überlebende gibt als bei einer geordneten Evakuierung.

Für die marktwirtschaftliche Konkurrenzsituation bedeutet das: Jeder verhält sich so, wie es für ihn selbst, nicht für das System insgesamt optimal ist. Täte er es nicht, würde für ihn daraus ein unmittelbarer Nachteil entstehen.

Gehen wir jetzt noch einmal zu unserem Beispiel mit der Trinkwasserversorgung und nehmen folgenden Fall an: Die Anlage ist errichtet worden und funktioniert recht gut und zuverlässig, aber sie ist bezüglich ihrer Leistungsfähigkeit noch nicht optimiert. Da man ja nie zufrieden ist, wünscht man sich, dass sich der Brunnen schneller füllt, wenn er auf Minimum steht. Möglicherweise geht das mit dieser Anlage nicht, vielleicht ist die Rohrleitung nicht ausreichend groß, vielleicht ist die Regelung nicht gut genug, vielleicht ist es auch nur ein Vorwand, um sich nicht von der einen Anlage abhängig zu machen. Also beauftragt man jemand anderes mit dem Bau einer zweiten Anlage. Was geschieht nun? Das benötigte Wasser wird nun von zwei Anlagen geliefert. Da die zweite neuer und besser ist, gehen wir mal davon aus, dass sie zunächst in der Lage ist, mehr Wasser als die erste bereitzustellen. Eigentlich könnte man jetzt die erste abschalten. Aus technischer Sicht wäre das vielleicht sinnvoll. Aber möglicherweise besteht der berechtigte Wunsch, sich nicht auf nur einen Versorger zu verlassen. Und außerdem ist die erste Anlage noch nicht einmal abbezahlt. Sie muss weiter produzieren, um sich zu rentieren. Was tut man also? Man versucht, sie zu verbessern, sodass sie mehr Wasser liefern kann. Und schon haben wir die nächste Rückwirkung im System.

»Rückwirkung, wie meinst du das?«

»Nun, beide Anlagen treten zueinander in Konkurrenz. Anlage 1 ist bestrebt, effizienter zu sein als Anlage 2. Anlage 2 ist bestrebt, effizienter zu sein als Anlage 1. Drückt man diesen Anspruch formal aus, dann ergäbe sich folgendes System:«

Er notierte:
Aussage 1: Anlage 1 ist effizienter als Anlage 2.
Aussage 2: Anlage 2 ist effizienter als Anlage 1.

»Wir haben also wieder zwei Aussagen, die sich gegenseitig aufeinander beziehen. Allgemein könnte man das auch so formulieren:«

Wieder schrieb er:
Aussage 1: Aussage 2 ist falsch.
Aussage 2: Aussage 1 ist falsch.

»Wie wir sehen, bewirkt die Konkurrenzsituation eine Rekursionsschleife. Damit haben wir eine Inkonsistenz, da entweder Aussage 1 wahr und Aussage 2 falsch ist, oder umgekehrt. Den Dorfbewohnern wird das zunächst egal sein, sie wird es sogar freuen. Da sich beide Anlagen durch kontinuierliche Verbesserungen stetig zu überbieten versuchen, wird der Brunnen, wenn er leer ist, schneller und schneller wieder gefüllt. Da aber beide Anlagen unabhängig voneinander arbeiten, wird beim Füllen des Brunnens noch mehr Wasser verlorengehen. Keine der Anlagen weiß ja, wie viel die jeweils andere augenblicklich produziert und kann diese Menge somit in der eigenen Regelung auch nicht berücksichtigen.

Nehmen wir jetzt erneut den Fall an, dass eine Trockenperiode einsetzt. Eigentlich müsste man nun die Regelung so anpassen, dass der Brunnen langsamer gefüllt wird, um Wasserverlust zu vermeiden. Hätten wir nur eine Anlage, wäre das möglich. Doch unter Konkurrenzbedingungen gibt es ein Problem. Sobald eine der Anlagen die Produktion drosselt, wird sie weniger Wasser liefern und damit weniger effizient arbeiten. Also tut sie es nicht.«

»Und wenn man beide Anlagen drosseln würde?«

»Das würde nur gehen, wenn man sie miteinander koordinieren könnte. Solange sie unabhängig voneinander arbeiten, wird jede versuchen, ihre Effizienz zu maximieren, und das bedeutet, mit maximaler Leistung zu arbeiten. Und es kommt noch schlimmer. Jede der Anlagen muss ständig bestrebt sein, ihre Effizienz zu steigern, ohne dass die Effizienz tatsächlich steigt.«

»Verstehe ich nicht.«

»Gut, nehmen wir an, beide Anlagen befinden sich auf einem identischen technischen Stand. Dann wird jede von ihnen die Hälfte des benötigten Wassers erzeugen. Wird eine Anlage verbessert, würde sie mehr Wasser liefern können und damit effizienter arbeiten. Das bedeutet, die andere muss ebenfalls verbessert werden, um nicht ineffizienter zu werden. Deshalb werden sich beide Anlagen im Gleichschritt weiterentwickeln. Am Ende werden sie auf höchstem technischen Stand sein, was enormen Aufwand und diverse Ressourcen erfordert hat, aber keine wird damit ihre Effizienz tatsächlich erhöht haben. Jede wird nach wie vor die Hälfte des benötigten Wassers produzieren.«

»Klingt irgendwie unsinnig.«

»Ist es eigentlich auch, zumindest dann, wenn sich das System in der Sättigung befindet. Solange es wachsen kann, ist eine Effizienzsteigerung sinnvoll, weil diese das Wachstum fördert. Geht das jedoch nicht mehr, verkommt die Effizienzsteigerung zum Selbstzweck. Aber das ist eben genau der Zustand, den das Nash-Gleichgewicht beschreibt. Fassen wir zusammen: Wenn wir nur eine Anlage haben, bekommen wir ein Problem, wenn sie im Grenzbereich betrieben wird. Hier haben wir aber noch die Möglichkeit gegenzusteuern. Wir könnten über eine Anpassung der Regelung das System so drosseln, dass es wieder Reserven hat. Aus mathematischer Sicht bedeutet das, die Rückwirkungen im System müssen reduziert werden. Bei mehreren unkoordinierten Anlagen geht das nicht. In dieser Konstellation lässt sich das System nicht drosseln, weil für jeden, der es versuchen würde, daraus ein unmittelbarer Nachteil entstünde. Deshalb lassen sich hier die Rückwirkungen nicht so einfach reduzieren. Wir bekommen ein Verhalten wie bei unserem ›Wahrheits-System‹. Es ist rekursiv und muss deshalb stetig wachsen, um konsistent zu bleiben. Das wäre aber eben nur dann möglich, würde es sich um ein theoretisches System handeln, das eine Omega-Unvollständigkeit besitzt. Leider trifft das für das reale System ›Marktwirtschaft‹ nicht zu. Es muss irgendwann an Grenzen stoßen und seine Unvollständigkeit verlieren. Dann wird es inkonsistent werden und sich selbst zerstören.«

»Ich denke, jetzt habe ich es verstanden.«

»Aber wir sind noch nicht am Ende. Wir haben gerade das ökonomische System betrachtet. Gehen wir nun zum politischen über, aber das können wir kürzer machen, da es im Grunde genommen nicht anders ist. Das Prinzip der parlamentarischen Demokratie besteht darin, dass das Volk die Politiker wählt und diese die Gesetze machen. Das Volk wird entscheiden, ob es damit zufrieden ist und sie bei der nächsten Wahl entweder wieder wählen oder abwählen. Und schon haben wir wieder eine Rückwirkung. Außerdem wird das Ganze wieder auf ein Nash-Gleichgewicht zustreben. Jeder Wähler wird den Politiker wählen, von dem er sich die beste Vertretung seiner Interessen verspricht; jeder Politiker wird sich so verhalten, dass er möglichst viele Wählerstimmen auf sich vereinen kann. Das Ergebnis wird aber wiederum nicht optimal sein, da eine Regierung, um an der Macht zu bleiben, ja nur die Interessen ihrer Wähler, nicht aber die des gesamten Volkes berücksichtigen muss. Zudem beinhaltet es aufgrund der bestehenden Rekursionen ein gewaltiges Potenzial für Inkonsistenzen.

Zusammengefasst kann man sagen: Das System der kapitalistischen Staaten besitzt sowohl im politischen als auch im ökonomischen Bereich starke Rückwirkungen, sei es zwischen marktwirtschaftlichen Konkurrenten, zwischen Angebot und Nachfrage auf dem Markt oder zwischen Regierung und Wählern. Diese sorgen für eine hohe Dynamik im System. Wenn dieses System aber an seine Grenzen stößt, im mathematischen Sinn seine Vollständigkeit erreicht, werden die Rückwirkungen zu Rekursionsschleifen und damit zu Inkonsistenzen führen, die es kollabieren lassen.«

»Sagen Marx und Lenin.«

»Nein, sagt die Mathematik.«

»Das spielt doch wohl keine Rolle.«

»Doch, das tut es. Soweit ich weiß, waren weder Marx noch Lenin Mathematiker. Gödel hat seinen Unvollständigkeitssatz erst ein halbes Jahrhundert nach Marx entdeckt, auch Lenin hatte das nicht mehr erlebt. Die Nash-Theorie ist noch jünger. Marx hat zwar richtige Schlüsse gezogen, aber noch nicht auf mathematischer Grundlage. Und Lenin, meine Meinung zu ihm hatte ich dir bereits kundgetan. Nein, nein. Wenn wir uns mit diesem Problem ernsthaft auseinandersetzen wollen, dann geht das nicht auf philosophischer und gleich gar nicht auf ideologischer Basis, sondern nur mit präziser Logik.«

»Und was sagt die präzise Logik zu unserem sozialistischen Weg?«

»Stellen wir also analoge Überlegungen dazu an. Die ökonomische Basis unseres Systems ist die Planwirtschaft. Aus systemtheoretischer Sicht stellt sie ein System dar, das per Definition unvollständig ist, um Rekursionen zu vermeiden. Es gibt weder eine Wechselwirkung zwischen Angebot und Nachfrage noch eine Konkurrenz zwischen den Betrieben. Wir haben zwar unseren ›sozialistischen Wettbewerb‹, aber das ist ja keine Konkurrenz im eigentlichen Sinne. Du erinnerst dich noch an unsere erste Variante der Wasserversorgung. Diese liefert eine grundlegende Beschreibung dieses Systems. Die Anlage war ungeregelt und enthielt keine Rückwirkungen. Das macht sie, technisch gesehen, zwar unflexibel, aber sehr stabil. Solange der Fluss ausreichend Wasser führt, ist die Versorgung gesichert. Ähnlich verhält es sich mit der politischen Komponente. Auch hier gibt es keine Rückwirkungen, und wenn, dann äußerst schwache, zumindest im Vergleich zu einer parlamentarischen Demokratie. Dort kann von heute auf morgen alles anders aussehen, wenn eine andere Partei die Mehrheit im Parlament erringt. Bei unserem System ist das ausgeschlossen. Der Bürger hat keinen unmittelbaren Einfluss auf die Zusammensetzung der Gremien, welche die Politik in unserem Land bestimmen. Kurz gesagt, wir haben ein System, das in jeder Hinsicht keine oder nur äußerst schwache Rückwirkungen aufweist. Dieser Umstand macht es widerspruchsfrei und es funktioniert auch noch unter solchen Bedingungen, bei denen das kapitalistische System durch Erreichen der eigenen Grenzen zerstört wird.«

»Dennoch verstehe ich eines nicht: Auf der einen Seite sagst du, dass das kapitalistische System aufgrund mathematischer Gesetzmäßigkeiten ganz von allein scheitern muss, auf der anderen, dass wir irgendetwas falsch machen und dass der Weg ›beschwerlich‹ wird.«

»Dazu kommen wir noch. Lass uns das beim nächsten Mal genauer betrachten. Bis dahin durchdenke noch einmal, was du heute gelernt hast.«

Auch wenn noch nicht alle Fragen beantwortet waren, verließ ich Leipzig in dem Gefühl einer gewissen Befriedigung. Wie schon mehrfach erwähnt, hatte ich volles Vertrauen in Tulöks Fähigkeiten. Er hatte mir die Gewissheit wiedergegeben, auf der richtigen Seite zu stehen. Es gab zwar seit einiger Zeit schon ein gewisses Grummeln im Lande, wenn aber unser Gesellschaftssystem das überlegene war, würden wir damit fertigwerden. Dessen war ich an diesem Tag gewiss. Zudem hatten wir einen Gerd Tulök auf unserer Seite, der die Dinge verstand und auf dessen Rat wir jederzeit würden zurückgreifen können.

25

»Tut bitte nichts Unüberlegtes.«

Dies hatte mir Tulök noch mit auf den Weg gegeben. Vielleicht war es nur eine dunkle Vorahnung seinerseits auf die Dinge, die kommen würden, vielleicht hatte er alles schon vorausgesehen. Auf jeden Fall würde ich mich zu gegebenem Zeitpunkt daran erinnern. Der Zeitpunkt war näher, als ich vermutet hätte.

Die letzte Tagung des Zentralkomitees hatte bezeichnenderweise genau zum Beginn des Sommers stattgefunden und dieser Sommer sollte nicht nur Berge und Täler unseres sozialistischen Heimatlandes, sondern vor allem die Gemüter von dessen Bewohnern erhitzen. Maßgeblichen Einfluss darauf hatten zwei Ereignisse oder, besser gesagt, Vorgänge, die sich allerdings nicht einmal in unserem Land abgespielt hatten. Heute weiß ich, dass es unvermeidlich gewesen war, damals hätte ich gesagt, man hatte die sich abzeichnenden Entwicklungen nicht ausreichend im Blick gehabt. Unzufriedene hatte es in unserem Land immer gegeben, teilweise so unzufrieden, dass sie dieses Land nur noch verlassen wollten. Wir hatten uns über lange Jahre hinweg mit diesem Zustand arrangiert und eine Lösung gefunden, von der wir in mehrfacher Weise profitierten. Wir nahmen solche »Querulanten« zunächst in Haft, um sie später von der Bundesrepublik freikaufen zu lassen. Das unliebsame Klientel wurden wir auf diese Weise los, bekamen sogar dringend benötigte Devisen dafür und statuierten Exempel, die Wankelmütige sehr genau darüber nachdenken ließen, mit uns in offene Konfrontation zu treten. Insofern war die Lage zu Beginn des Sommers 1989 auch noch nicht als außergewöhnlich zu bezeichnen, zumindest nicht in der Weise, dass sie hochrangige Genossen aus Partei- und Staatsführung vom wohlverdienten Urlaub hätte abhalten können. Zwar war es einigen Bürgern der DDR gelungen, in die Botschaft der Bundesrepublik in Prag einzudringen, doch derartige Ereignisse hatte es immer gegeben. Man würde sich zu gegebener Zeit darum kümmern, gleich nachdem jene Aktivitäten, welche Vorrang genossen, abgearbeitet waren. Und diese fanden anderen Ortes statt; an der Ostsee, im Thüringer Wald, am Balaton oder der Bulgarischen Schwarzmeerküste. Grund zu besonderer Eile bestand ohnehin nicht. Die sogenannten »Botschaftsflüchtlinge« hatten zwar das nach internationalem Recht gültige Territorium der sozialistischen Staatengemeinschaft verlassen, allerdings nicht nach außen, sondern nach innen. Soll heißen, sie kamen dort nicht ohne Weiteres weg. Das primäre taktische Vorgehen in einem solchen Fall bestand darin, die Sache einfach auszusitzen. Die Republikflüchtigen befanden sich zwar in ersehnter Freiheit, dies jedoch auf arg begrenztem Raum, der ihren Ansprüchen auf Dauer nicht genügen würde. Irgendwann konnten sie nur noch die Ausweglosigkeit ihrer Lage erkennen, was sie zum Aufgeben zwänge. Vielleicht wäre diese Taktik sogar aufgegangen, hätte es da nicht jenes andere Ereignis gegeben.

Am 19. August war es etwa 600 DDR-Bürgern gelungen, die kurzzeitig geöffnete Grenze zwischen Ungarn und Österreich zu passieren. Das war natürlich ein Signal. Statt die Prager Botschaft zu verlassen, versuchten immer mehr Menschen hineinzukommen und schienen bei den tschechischen Genossen in ihrem Ansinnen auf nur unzureichenden Widerstand zu stoßen. Jetzt hatte man jene Zeit gut gebrauchen können, die man zuvor großzügig vergeudet hatte. Während man noch darüber nachdachte, ob man eine solch große Anzahl von Bürgern ausreisen lassen dürfte, war die Anzahl schon nicht mehr aktuell. Sie stieg und stieg bis sich schließlich mehrere Tausend Menschen dort zusammendrängten.

26

Mein Telefon klingelte. Senk war dran.

»Wir haben eine außerordentliche Sitzung des Politbüros einberufen und ich möchte, dass du teilnimmst. Ich glaube, wir brauchen dich.«

Mir war klar, worum es dabei nur gehen konnte, weshalb ich zusagte. Ja, zugesagt hätte ich ohnehin, aber hier ging es darum, ein Problem zu lösen, ein Vorgang, zu dem ich wohl maßgeblich beizutragen hätte.

Der September neigte sich bereits seinem Ende entgegen und die Lage hatte sich in unvorhergesehener Weise verschärft. Am 11. des Monats hatte Ungarn die Grenze zu Österreich nun vollständig geöffnet, was von einer inzwischen fünfstelligen Anzahl von Bürgern unseres Landes zum Verlassen desselben genutzt worden war. Gut, das war nicht schön, aber nicht zu ändern. Außerdem ging man immer noch davon aus, dass sich durch diesen »Schwapp« die Lage im Land entspannen würde.

Ein weitaus größeres Problem stellte die Situation in der Prager Botschaft dar. Dorthin waren inzwischen um die 6000 DDR-Bürger geflüchtet und wohl auch angesichts der Ereignisse in Ungarn mitnichten bereit, ihre Stellung aufzugeben. Es waren in der Summe zwar weniger Menschen als jene, welche die Flucht über Ungarn bereits angetreten hatten, aber auf die »Ungarn-Flüchtlinge« hatten wir keinen Einfluss. Was die Situation in Prag betraf; hier standen wir in der Verantwortung. Und diese Situation lief Gefahr, in internationale Verwicklungen auszuufern. Eine Entscheidung musste her, aber wie hätte diese ausfallen können, ohne dass wir dabei das Gesicht verlieren? Dazu war es genauso wenig möglich, die Lage sich selbst zu überlassen, wie einfach allen die unbehelligte Ausreise zu gewähren.

Die Diskussion im Politbüro war demzufolge hitzig, ohne aber ein brauchbares Ergebnis hervorzubringen. Ich war zunächst nur stummer Beobachter, und das so lange, bis sich die streitbare Runde aus Gründen der Erschöpfung eine Pause des Schweigens zu gönnen hatte und Senk diese Unterbrechung nutzte, das Wort an mich zu richten.

»Nun, Horst, was denkst du, sollten wir tun?«

Ich verstand seine Intention und gab die von ihm erwartete Antwort.

»Ich denke, die Zeit ist reif, Gerd Tulök zu Rate zu ziehen.«

Senks Nicken bestätigte mir, dass er mit mir übereinstimmte. Einige andere nickten auch. Wahrscheinlich waren sie von Senk bereits in die Existenz unserer intellektuellen Ein-Mann-Armee eingeweiht worden.

Wir vertagten uns auf den nächsten Vormittag. Ich nutzte die Unterbrechung, um Tulök anzurufen.

»Gerd, die Lage ist schwierig, wie du unschwer erkennen kannst, Ich glaube wir brauchen deinen Rat. Kannst du nach Berlin kommen.«

»Kommen kann ich und einen Rat geben kann ich euch auch. Aber denkst du, dass dieser befolgt wird?«

»Du bist unsere letzte Hoffnung. Keiner von uns hier sieht eine Lösung. Wie ich dich kenne, findest du eine. Schließlich steht der Sieg des Kommunismus auf dem Spiel. Und du hast dich über Jahre hinweg mit dem Problem befasst. Kannst du helfen?«

»Wenn es um den Sieg des Kommunismus geht, kann ich helfen, nicht aber, wenn es um persönliche Befindlichkeiten geht.«

»Ich denke, das mit den persönlichen Befindlichkeiten ist vorbei.«

»Gut, ich komme.«

27

Die Fortsetzung der Sitzung war auf den nächsten Vormittag, 9:00 Uhr festgelegt worden. Es wurde etwas später, da Tulök nicht pünktlich eingetroffen war. Er erklärte, er sei aufgehalten worden; ob vom Pförtner, der wohl nicht rechtzeitig über seine Akkreditierung informiert worden war, oder von seiner Frau, die möglicherweise befürchtete, dass ihr Gatte wieder in der U-Haft enden könnte, ließ er offen.

Nachdem Senk die Sitzung eröffnet hatte, gab er mir ein Zeichen, unseren Gast anzukündigen und vorzustellen. Ich folgte dem.

»Liebe Genossen, unsere Lage ist ernst, wie ihr wisst. Aus diesem Grund möchte ich euch Genossen Professor Tulök von der Karl-Marx-Universität Leipzig vorstellen. Er ist Mathematiker im Hauptberuf, darüber hinaus analysiert er seit Längerem gesellschaftliche Entwicklungen mit mathematischen Methoden. Er hat sich bereit erklärt, uns als Berater zur Verfügung zu stehen.«

Verhaltener Applaus von einigen der Genossen. Dann ergriff Tulök das Wort:

»Liebe Genossen, eure Einladung ehrt mich und ich werde mich nach Kräften bemühen, bei den anstehenden Entscheidungen von Hilfe zu sein.«

Eigentlich wäre es jetzt am Genossen Honecker gewesen, Tulök konkrete Fragen zu stellen, aber mir – und allen anderen auch – war schon am Vortag eine gewisse Apathie beim Generalsekretär des Zentralkomitees aufgefallen. Er war bereits gesundheitlich angeschlagen, die Eskalation der Lage im Land hatte ihm wohl den Rest gegeben. Deshalb übernahm Senk diese Rolle.

»Genosse Tulök. Wir sind hier zusammengetreten, um eine Entscheidung bezüglich der Vorgänge in der Prager Botschaft der Bundesrepublik Deutschland zu treffen. Die Lage dort ist kritisch, in humanitärer wie in politischer Hinsicht. Wir brauchen eine strategische Lösung, immerhin wird von dieser Entscheidung einiges abhängen. Schließlich stehen die Bemühungen unseres jahrzehntelangen Kampfes auf dem Spiel.«

Alle Augenpaare, mit Ausnahme das des Genossen Honecker, richteten sich auf Tulök.

»Genossen, auch ich habe mich intensiv mit dieser Frage beschäftigt, da sie, wie schon vom Genossen Senk richtigerweise erklärt, von strategischer Bedeutung ist. Und dabei geht es, wie ebenfalls richtig bemerkt, um nicht weniger als unsere Gesellschaftsordnung. Ich gehe seit einigen Jahren derartigen Fragestellungen nach und bediene mich mathematischer Methoden, diese zu beantworten. Was die konkrete Frage betrifft, wie die Situation in Prag zu lösen ist, habe ich in den letzten Wochen einige Untersuchungen unter Berücksichtigung der Situation angestellt. Und diese liefern eine sehr eindeutige Antwort.«

Er hielt kurz inne, um sich zu vergewissern, dass er die volle Aufmerksamkeit aller Anwesenden hatte. Gebanntes Schweigen. Dann sagte er:

»Lasst sie gehen!«

Man sollte meinen, dass daraufhin heftige Diskussionen hätten einsetzen müssen, aber nichts dergleichen geschah. Weit aufgerissene Augen, die Tulök fixierten, und nachdenklich zu Boden gerichtete Blicke von jenen, die

169

sich wohl auszumalen begannen, was die Umsetzung dieses Vorschlages bewirken konnte.

Auch Tulök blickte sich um. Nachdem er festgestellt hatte, dass sein Satz die vorausberechnete, besser die befürchtete Wirkung entfaltet hatte, fügte er hinzu:

»Wichtig ist, dass die Ausreise über das Territorium der DDR erfolgt. Stellt also sicher, dass eine entsprechende Reiseroute festgelegt wird. Ich danke euch.«

Niemand wagte zu widersprechen. Hätte es jemand getan, wäre er wohl sofort in die Pflicht genommen worden, einen Alternativvorschlag zu unterbreiten. Dazu sah sich aus verständlichen Gründen niemand in der Lage. Erst nachdem die Sitzung geschlossen worden war, begab ich mich zu Tulök, um ihm die Frage zu stellen:

»Gerd, was bringt dich zu dieser Entscheidung?«

»Auf die Schnelle kann ich dir das nicht erklären. Aber es steht ja ohnehin noch der Abschluss meiner Erläuterungen aus, die ich dir geben wollte. Irgendwie sind wir noch nicht dazu gekommen. Wenn du demnächst mal wieder Zeit hast, können wir das tun. Und wir sollten es tun. Ich möchte, dass du verstehst, was vor sich geht.«

28

Eine Woche war vergangen, vielleicht die härteste in meinem Leben bis zu diesem Zeitpunkt, und wenn ich heute recht darüber nachdenke, vielleicht die härteste überhaupt. Wohlgemerkt, alle Ereignisse, die in den nächsten Monaten und Jahren noch folgen würden, sind da schon mit eingerechnet. Aber der Reihe nach.

Niemand im Politbüro hatte es gewagt, sich Tulöks Vorschlag entgegenzustellen, auch wenn dieser vielen nicht so recht einging. Schließlich waren wir es gewesen, die ihn um Hilfe gebeten hatten, und solches zu tun, musste die Verzweiflung groß genug sein. Außerdem hatten zumindest Senk und ich ein noch uneingeschränktes Vertrauen in Tulöks Urteilskraft, dem sich alle anderen in komfortabler Delegierung von Verantwortung angeschlossen hatten. Manchen von ihnen mögen schon kurz darauf Zweifel gekommen sein, ob dieses Vertrauen gerechtfertigt gewesen war, bei mir hatte es ein paar Tage länger gedauert.

Ich saß nun täglich vorm Fernseher und verfolgte das Geschehen; es mit unserer Entscheidung in Gang gesetzt zu haben, ist vielleicht zu viel gesagt, aber zumindest hatten wir ihm die Richtung seiner Entwicklung vorgegeben. Dessen Anblick zu ertragen war inzwischen nur noch durch eine halb geleerte Flasche Doppelkorn möglich. Dabei hatte sich alles so gut angelassen. Als am 30. September der Außenminister der Bundesrepublik Deutschland auf dem Balkon der Prager Botschaft erschienen war, um der versammelten Fluchtgemeinschaft was auch immer mitzuteilen, war die Welt für uns alle noch in Ordnung gewesen. Wir hatten eine Geste von Größe gezeigt, die in dieser Weise nicht von allen erwartet worden war und die uns – so die Hoffnung – Zeit zum Durchatmen und zur Planung der nächsten Schritte, den Super-GAU abzuwenden, geben würde. Leider dauerte es bis zu dessen Eintreten nur wenige Tage.

Tulöks Empfehlung, den Status quo in der Botschaft nicht länger durch fehlende Entschlossenheit zu zementieren, war noch auf breite Duldung und nicht ganz so breite Akzeptanz gestoßen. Dass dies nur in der Weise geschehen konnte, eine weitere vierstellige Anzahl von Staatsbürgern zu verlieren, war schmerzhaft, aber bei rationaler Betrachtung nicht zu verhindern gewesen. Hätte man nicht so gehandelt, wäre dies nur weiterer Schmierstoff im Getriebe der Propagandamaschinerie westdeutscher Massenmedien gewesen. So hatte man zumindest eine souveräne Entscheidung getroffen, solange es noch möglich gewesen war. Was aber im Nachhinein niemand – mich selbst eingeschlossen – richtig verstanden hatte, war die Forderung, die Ausreise dieser Personen über die DDR stattfinden zu lassen. Damit war primär ein logistischer wie finanzieller Aufwand erforderlich, der uns – darin waren sich alle sicher gewesen – nach unserer großzügigen Entscheidung nur allzu gern von der Bundesrepublik abgenommen worden wäre. Doch diese primäre Unannehmlichkeit war zu vernachlässigen gegenüber der sekundären, die bei der Abwicklung des Vorgangs zutage getreten war. Als ein Sonderzug, der Botschaftsflüchtlinge aus Prag in die Bundesrepublik bringen sollte, am 4. Oktober Dresden passierte, spielten sich am und um den Bahnhof Szenen ab, die unserer sozialistischen Gemeinschaft unwürdig waren. Es kam zu Krawallen und Übergriffen auf Angehörige der bewaffneten Organe, die pflichtgemäß ihren Dienst zur Sicherung des Bahnhofsgeländes versahen. Und die Welt konnte zusehen. Spätestens hier warf sich die Frage auf, ob die getroffenen Entscheidungen in letzter Konsequenz die richtigen gewesen waren. Ich selbst stellte sie mir zuerst, was die Genossen, und zwar jeden einzelnen, aber nicht davon abhalten konnte, sie immer wieder von Neuem an mich heranzutragen. Leider hatte ich keine Antwort parat.

Die Situation stellte meine Freundschaft zu Tulök auf eine harte Probe. Ich kannte ihn zu lange, als dass ich sie bedenkenlos hätte aufkündigen können. Geholfen hätte das ohnehin nicht. Zu tief steckte ich im Schlamm, als dass ich mich durch einen Akt der Selbstzerfleischung aus eigener Kraft daraus hätte befreien können. Das Einzige, was ich tun konnte, war, meinen Weg weiterzugehen und auf diesem weiterhin auf Tulök zu vertrauen. Doch ich würde diesen Mann, dem ich meine momentan unkomfortabele Lage verdankte, zur Rede stellen müssen; lieber jetzt als gleich. Normalerweise hätte ich sofort für das nächste Wochenende einen Termin mit ihm vereinbart. Leider kam mir ein Ereignis dazwischen, das zwar von langer Hand vorbereitet gewesen war, mir für den Moment aber ungelegener nicht hätte kommen können.

29

Der 7. Oktober sollte ein großer Tag werden, jedenfalls in den Augen derer, die seit demselben Datum des Vorjahres an akribisch auf diesen hingearbeitet hatten Der 40. Jahrestag der Gründung der DDR, vierzig Jahre Fortschritt und Wohlstand, ein Garant für den Frieden in Europa und so weiter. Manch einer wird sich noch daran erinnern.

Ein großartiges Fest sollte es werden, mit einem Galadinner für verdiente Gäste im Palast der Republik, abgeschirmt vom unverdienten Fußvolk, das sich das Ganze bestenfalls von außen hätte ansehen können. Womit im Vorfeld niemand gerechnet hatte, war, dass das Fußvolk diesen Tag auf seine eigene Weise begehen würde. Initiiert worden waren diese nicht genehmigten »Festlichkeiten« in der vogtländischen Stadt Plauen, wo 15000 Menschen für Reise- und Meinungsfreiheit demonstrierten. Da die Sicherheitskräfte vor Ort die Lage unter Kontrolle bringen konnten, nahm man davon zunächst nur unzureichend Notiz. Erst als sich in der Hauptstadt selbst eine ähnliche Situation anbahnte, erregte das eine gewisse Aufmerksamkeit. Es kam zu einer regelrechten Belagerung des Palastes, wovon man im Inneren desselben aber nichts mitbekam oder nichts mitbekommen wollte. Dort befand man sich in einem Paralleluniversum, das sich von aller Realität entrückt sah.

Wir draußen bekamen alle Hände voll zu tun, die Sicherheit aufrechtzuerhalten. Zwar gelang das unter massivem Einsatz von Polizeikräften, aber wir waren gewarnt.

So gewarnt, dass für den nächsten Tag, Sonntag hin oder her, eine Lagebesprechung angesetzt wurde. Auf dieser waren sich alle einig, dass sich Dinge zu entwickeln im Begriff waren, die es zuvor in unserem Land nicht gegeben hatte, und dass man Maßnahmen beschließen musste, dieser Dinge Herr zu werden. Obwohl an der Lagebesprechung nur Personen teilnahmen, die der Realität ins Auge zu blicken verstanden, waren sie alle von der gewaltigen Dynamik der Situation überrascht worden. Niemand hatte eine vage, geschweige denn eine genaue Vorstellung davon, wie man mit derartigen Ereignissen umgehen sollte, mit Ausnahme jener, welche die Zeit gekommen sahen, den ganz großen Knüppel auszupacken. Aber auch innerhalb dieser militanten Fraktion hatte man nicht die leiseste Idee, was das Resultat eines solchen Aktionismus sein und, vor allem, was danach kommen würde. So hatte man es dann doch vermieden, an diesem Tag Entscheidungen übers Knie zu brechen; lieber noch eine Nacht darüber schlafen und am nächsten Tag entscheiden. Allerdings war man mit diesen Entscheidungen der Realität, die man eigentlich in Besitz genommen zu haben glaubte, immer einen Schritt hinterher.

Der vergleichsweise ruhige Verlauf des Sonntags war trügerisch, denn bereits einen Tag später ging es wieder los, stärker als je zuvor. Dieses Mal lag der Brennpunkt in Leipzig, zu allem Überfluss, jedenfalls was meine Meinung betrifft.

Bereits einen Monat zuvor hatte es dort die erste Montagsdemonstration mit noch überschaubarer Teilnehmerzahl gegeben. Man glaubte, die Lage im Griff zu haben. An diesem Tag aber, dem 9. Oktober, war es anders.

Mehr und mehr Menschen versammelten sich im Stadtzentrum, letzte Schätzungen ergaben eine Zahl von 130000 Personen. Die Situation wurde kritisch, jedenfalls nach Einschätzung der Genossen, die sich vor Ort im Einsatz befanden. Im Minutentakt klingelten bei uns die Telefone und stellten die nicht zu beantwortende Frage, wie man sich verhalten solle. Uns blieb nichts weiter übrig, als einen Krisenstab einzuberufen. Dort war man sich, vorgewarnt durch die Ereignisse vom vergangenen Wochenende, relativ schnell einig, dass die Ordnung unter Einsatz aller erforderlichen Mittel wieder hergestellt werden müsse. Erforderlich bedeutete in diesem Fall, mit Waffengewalt. Für einige Eiferer stand der Einsatz dieses letzten Mittels außer Frage, ich hatte diesbezügliche Bedenken. Trotz meiner schwierigen Position, die ich seit einer reichlichen Woche inne- und Tulök zu verdanken hatte, war mein Vertrauen in ihn noch nicht so weit geschrumpft, als dass ich mich nicht an seine Worte erinnert hätte. Ich griff zum Telefon und glücklicherweise hatte ich ihn gleich am Apparat.

»Gerd, was ist los bei euch?«

Er hatte wohl noch gar nichts mitbekommen.

»Ich weiß nicht. Was denn?«

»Hunderttausend Menschen auf der Straße. Was sollen wir tun?«

»Tut, was ihr tun müsst. Mit einer Ausnahme. Auf keinen Fall Schusswaffen einsetzen. Verstehst du?«

Verstand ich nicht, dennoch folgte ich seinem Rat. und stürzte mich zum wiederholten Mal in mein potenzielles Verderben. Aber darauf kam es jetzt sowieso nicht mehr an. Worauf es ankam, war, die Genossen zu überzeugen, ohne sie wissen zu lassen, wer mir diese Überzeugung eingegeben hatte.

Wie schon erwähnt, glaubte ich nicht an »Schicksal« und demzufolge auch nicht an »Wunder«. Doch an diesem Tag war es ein Wunder, dass alles friedlich geblieben war. Kein Schuss war gefallen, obwohl das in allen theoretischen Vorbetrachtungen bei solch einem Ereignis niemand für möglich gehalten hatte. Dennoch spürte ich, dass wir dabei waren, die Kontrolle zu verlieren. Jetzt war es umso notwendiger, dass ich alles erfahren würde, was in Tulöks Kopf vor sich ging. Am nächsten Tag rief ich ihn an und vereinbarte ein Treffen für das nächste Wochenende.

30

Als ich mich auf den Weg nach Leipzig machte, war wieder einmal Freitag, zum Glück, denn an einem Montag hätte ich es, ehrlich gesagt, nicht gewagt. Dessen letzter hatte gezeigt, welch mächtiger Kundgebungen man dort fähig war. Nicht nur, dass der Verkehr in der Innenstadt auf diese Weise zum Erliegen kam, und das ausgerechnet in Nähe meiner Wohnung, es war auch nicht auszuschließen, trotz aller Friedfertigkeit in Handgreiflichkeiten verwickelt zu werden, insbesondere dann, wenn man als Hauptstädter oder gar als Mitarbeiter des Ministeriums für Staatssicherheit identifiziert worden wäre. So nahm ich dann auch in Kauf, dass es sich bei diesem Freitag ausgerechnet um einen 13. handelte.

Als Tulök mir die Tür öffnete, achtete ich zuallererst auf seinen Gesichtsausdruck, um herauszufinden, ob die Vorgänge im Land und speziell in seiner Stadt irgendwelche Spuren bei ihm hinterlassen hatten. Bei meinem letzten Besuch hatte er mich noch davon überzeugt, dass wir im Wettstreit der Systeme die Überlegenen seien, die jüngsten Ereignisse hatten – das muss ich zugeben – bei mir gewisse Zweifel gestreut. Nun würde sich alles aufklären, hoffentlich.

Was Tulöks Gesichtsausdruck anging, der schien mir immer noch optimistisch zu sein. Das hellte meinen Gemütszustand etwas auf, was auch dringend notwendig war, da der Abend wieder meine volle Konzentration auf das Thema erfordern würde. Keine Zeit, um über irgendwelche anderen Probleme zu grübeln.

»Nun Gerd, sind wir noch auf dem richtigen Weg?«

»Immerhin ist letzten Montag alles friedlich geblieben, wie ich gehört habe.«

»War nicht leicht, die Genossen davon zu überzeugen. Ich hoffe, wir verlieren nicht die Kontrolle.«

»Das geschieht schon nicht. Mach dir keine Sorgen. Alles läuft wie vorausberechnet.«

Sein letzter Satz ließ mich frösteln.

»Wie vorausberechnet? Du hast das alles kommen sehen?«

»Natürlich.«

Jetzt verstand ich gar nichts mehr. Das Glas Weinbrand, dieses mir angeboten worden war zu erwähnen, ich in der Aufregung vergessen hatte, leerte ich in einem Zug.

»Gut, dann bin ich gespannt auf deine Ausführungen.«

Auch er setzte sein Glas an, nahm aber nur einen kleinen Schluck. Nachdem er es wieder auf dem Tisch abgestellt hatte, machte er den Eindruck, als müsse er sich sammeln. Auf mich wirkte das irgendwie so, als würde er sich widerstrebend in die unangenehme Pflicht fügen, mir eine unerfreuliche Botschaft zu überbringen. Ich muss eingestehen, dass ich dem zum damaligen Zeitpunkt keine Beachtung geschenkt hatte. Noch war ich von dem Hochgefühl getragen, nun endlich die letzte Wahrheit über ein Problem zu erfahren, an dem wir seit Jahren arbeiteten. Tulök nahm noch einen tiefen Atemzug, dann begann er:

»Also, fassen wir noch einmal zusammen: Wir haben auf der einen Seite das kapitalistische System, das hochgradig rekursiv und damit dynamisch, aber eben auch widersprüchlich ist. Die innere Dynamik wird es an seine Grenzen bringen und wenn diese erreicht sind, kann es nicht mehr funktionieren. Auf der anderen Seite haben wir das sozialistische System, das aufgrund fehlender Rückwirkungen eher statisch ist, aber eben auch keine inneren Widersprüche zulässt. Es wird auch an dem Punkt noch funktionieren, an dem das kapitalistische System versagt.«

»Ich glaube, damit hast du auf etwas komplizierte Weise das ausgedrückt, was Marx auf eine andere komplizierte Weise ausgedrückt hat, nämlich, dass das kapitalistische System zusammenbricht und durch ein sozialistisches und später kommunistisches System ersetzt wird.«

»So ist es. Leider gibt es dabei eine sehr entscheidende Frage, die sich für Marx nicht stellte und der Lenin zumindest ausgewichen ist, um nicht zu sagen, die von ihm ignoriert worden ist. Und diese Frage lautet: Was geschieht, wenn beide Systeme parallel existieren?«

»Und du meinst, diese Frage ist entscheidend?«

»Allerdings.«

»Wenn sie aber so entscheidend ist, warum hat sie dann noch niemand gestellt?«

»Das wirst du verstehen, wenn wir sie beantwortet haben. Also, es sieht so aus: Wir haben mit dem kapitalistischen ein hochgradig rekursives System. Überlässt man es sich selbst, wird es eine Dynamik entwickeln. Diese wird es anwachsen lassen und, wenn es nicht mehr weiter wachsen kann, zerstören. Wie ein Luftballon. Man bläst ihn immer weiter auf bis er platzt. Soweit klar?«

»Das ja. Aber wo liegt nun das Problem?«

»Das Problem sind wir. Wir haben ein paralleles System etabliert, mit dem Ziel, den Prozess der Zerstörung zu beschleunigen. Was wir damit aber bewirkt haben, ist, das System in seiner Entwicklung zu stören. Deshalb

180

wird es trotz seiner innewohnenden Dynamik seine Grenzen nicht erreichen und demzufolge nicht kollabieren. Oder um es bildlich auszudrücken: Wir wollten den Luftballon zum Platzen bringen, indem wir ein Loch hineinstechen, noch ehe er richtig aufgeblasen ist. Das Ergebnis ist, dass man hineinblasen kann, soviel man will. Platzen wird er dennoch nicht.«

»Als Bild verständlich. Aber was genau sagt es aus?«

»Ein soziales System besteht aus vielen einzelnen Elementen. Bestehen innerhalb des Systems starke Rückwirkungen, findet eine stetige Differenzierung statt, das heißt, Unterschiede zwischen den Elementen werden sich zunehmend verstärken. Selbst wenn das System im Anfangszustand ausgeglichen ist, befindet es sich nur in einem labilen Gleichgewicht. Kleinste Unterschiede werden sich zu immer größeren Unterschieden auswachsen, da jedes Element – du erinnerst dich an die Nash-Theorie – für sich nach maximaler Effizienz strebt. Und wem es gelingt, sich in diesem Streben einen kleinen Vorteil zu verschaffen, wird es fortan leichter haben, seine Effizienz weiter zu erhöhen. Du kennst sicherlich die von erfolgreichen kapitalistischen Unternehmern vertretene Theorie, nach der die erste Million die schwerste ist. Da ist wahrlich was dran. Effizienz bedeutet ja, mit einem minimalen Aufwand einen maximalen Nutzen zu erzielen. Und je größer die Differenz zwischen Nutzen und Aufwand ist, desto größer ist die Möglichkeit, die Effizienz weiter zu steigern.

Da jedes Element nach maximaler Effizienz strebt, führt das zunächst, wie schon erwähnt, zu Rekursionen und damit zu einer Dynamik, die das System anwachsen lässt, um dessen Konsistenz zu wahren. Diese Dynamik ermöglicht jedem Element eine Steigerung der individuellen Effizienz. Erreicht das System aber seine Grenzen, das heißt, kann es nicht mehr wachsen, müssen sich Aufwand und Nutzen, für das System in Summe betrachtet, die Waage halten. Das bedeutet, die Gesamteffizienz lässt sich nicht weiter vergrößern. In diesem Zustand führt das Streben nach Effizienz nur noch zum Anwachsen der Unterschiede im System – ein Element des Systems kann seine Effizienz dann nur noch auf Kosten der Effizienz eines anderen Elements vergrößern –, was nicht nur, aber insbesondere bei sozialen Systemen kritisch ist. Die Spannungen – was gleichbedeutend ist mit den Widersprüchen – im System nehmen zu, aber es besteht keine Möglichkeit, diese Spannungen abzubauen. Es entstehen Kräfte, die für das System eine zerstörerische Wirkung haben.

Was aber, wenn es außerhalb des Systems einen Raum gibt, der diese Spannungen auffangen kann, der sich aber dem direkten Zugriff des Systems entzieht? Dann bleibt das System unvollständig und erreicht seine Grenzen nicht. Ergo, es kann sich nicht mehr zerstören. Im konkreten Fall bedeutet das: Solange ein kapitalistisches System global existiert, kann es nach Belieben innere Spannungen, sprich Widersprüche aufbauen, da es keinen Raum gibt wohin sich diese abbauen könnten. Diejenigen, die unter diesen Widersprüchen leiden, haben keine Möglichkeit, sich diesen zu entziehen. Existiert aber außerhalb ein alternatives System, so könnten sie es. Dadurch würden sich Widersprüche reduzieren. Oder aber es geschieht das, was wir im Moment beobachten. Beide Systeme stehen miteinander im Wettstreit. Dabei wird das kapitalistische System Mechanismen entwickeln, seine Widersprüche zu limitieren, um die Oberhand zu behalten. Und das ist unser Problem. Die bloße Existenz der sozialistischen Staatengemeinschaft stützt das kapitalistische Weltsystem. Je stärker wir werden, desto stärker halten wir es davon ab, die Grenzen zu erreichen, die es schließlich in die Knie zwingen.«

Ich musste schlucken. Allerdings war mein Mund so trocken, dass ich darin versagte. Ich musste mit Weinbrand nachhelfen.

»Dennoch verstehe ich eine Sache nicht: Du sagst, wenn man das kapitalistische System sich selbst überlässt, wird es sich zerstören. Wenn man ein alternatives System schafft, wird es Mechanismen entwickeln, die das verhindern.«

»Ja.«

»Aber was für Mechanismen sind das?«

»Ich hatte dir das Problem mit dem Nash-Gleichgewicht erläutert. In einem abgeschlossenen kapitalistischen System führt die systemimmanente Konkurrenz aufgrund der individuellen Optimierungsstrategien zu einem stetigen Wachstum, welches das System auf Dauer nicht übersteht. Wenn es aber außerhalb des Systems Konkurrenz gibt, dann werden sich auch die Optimierungsstrategien verändern. Ich hatte das Phänomen mit dem brennenden Haus erläutert. Wandeln wir das Beispiel etwas ab: Nehmen wir an, ein Kaufhaus bietet einen Posten verbilligter Ware an, Sommer- oder Winterschlussverkauf, wie das im kapitalistischen System üblich ist. Vor der Tür hat sich schon lange vor der Öffnung eine Menschenmenge angesammelt. Jeder will natürlich als Erster hinein, um sich die begehrten Artikel zu sichern, und seine Strategie dahingehend optimieren. Wird die Tür schließlich geöffnet, geschieht dasselbe wie bei Feuer am Notausgang. Gedrängel. Vielleicht wird man sogar erst einmal eine gepflegte Prügelei anzetteln, um zu klären, wer zuerst reingehen darf.

Jetzt nehmen wir an, das Kaufhaus hat einen zweiten Eingang, an dem sich die Leute geordnet anstellen, die Reihenfolge somit vorab festlegen und diese auch akzeptieren. Beide Türen werden gleichzeitig geöffnet. Wenn die Leute am ersten Eingang mitbekommen, dass man am zweiten Eingang bereits das Geschäft betritt, während man selbst noch mit Rangeleien und Diskussionen beschäftigt ist, wird man zwangsweise die eigene Strategie anpassen und notgedrungen eine Interessengemeinschaft bilden müssen. Anderenfalls würden vielleicht alle Benutzer des ersten Eingangs leer ausgehen. Für die optimale Strategie jedes Einzelnen bedeutet das, er muss einen Kompromiss finden zwischen den Zielen, innerhalb der eigenen Gruppe so weit wie möglich nach vorn zu kommen, und das Vorrücken der gesamten Gruppe dabei aber möglichst wenig zu behindern. Mathematisch gesehen bedeutet es, das System ›Kunden am Eingang 1‹ wird seine Rekursionen und damit die ihm innewohnenden Widersprüche zwar nicht vollständig unterdrücken, aber zumindest reduzieren.«

»Als theoretisches Beispiel verstehe ich das. Wie würde das aber konkret und praktisch aussehen?«

»Wir können uns dazu noch einmal unserer Wasserversorgung ansehen. Wie gesagt, es ist nur ein einfaches Beispiel, an dem wir grundlegende Dinge betrachten. Ein Gesellschafts- und Wirtschaftssystem ist natürlich weitaus komplexer.

Zunächst müssen wir unser Modell verfeinern. Bislang sind wir davon ausgegangen, dass die Anlagen von allein funktionieren. Das ist in der Realität natürlich nicht der Fall. Dort wird es so sein, dass die Dorfbewohner mitarbeiten müssen, um ihre Versorgung zu sichern. Daraus folgt der nächste Aspekt. Die Effizienz der Anlagen bestimmt sich nicht mehr nur aus der produzierten Menge, sondern aus der Differenz zwischen Nutzen und Aufwand, das heißt, es soll mit einer möglichst geringen Anzahl an Arbeitskräften eine möglichst große Menge produziert werden. Und wir müssen einen weiteren Aspekt berücksichtigen. Dadurch, dass die Dorfbewohner arbeiten müssen, verbraucht jeder von ihnen auch mehr Wasser. Nehmen wir der Einfachheit halber einmal an, dass jemand, der nicht arbeitet, 30 Liter Wasser pro Tag braucht, jemand der arbeitet, 50. Weiter nehmen wir an, das Dorf hat 100 Bewohner, die zunächst – solange die Anlagen sich auf einem niedrigen technischen Stand befinden – alle kräftig mit anpacken müssen, um ihre Versorgung sicherzustellen. Das heißt, wenn alle mitarbeiten, müssen die Anlagen eine Wassermenge von 5000 Liter pro Tag erzeugen.

Durch technische Verbesserungen, die – wie ich schon ausgeführt hatte – in einer Konkurrenzsituation zwingend stattfinden, steigt die Leistungsfähigkeit. Irgendwann ist sie so hoch, dass nicht mehr alle Dorfbewohner als Arbeitskräfte benötigt werden. Da man nach maximaler Effizienz strebt, wird man demzufolge versuchen, den Aufwand zu reduzieren, indem man Arbeitskräfte einspart. Der Aufwand, den eine Arbeitskraft verursacht entspricht der Menge Wasser, die sie benötigt, das heißt 50 Liter pro Tag. Wenn sie aber nicht mehr arbeitet, sinkt auch ihr Verbrauch von 50 auf 30 Liter pro Tag. In der Bilanz bedeutet das: Je eingesparter Arbeitskraft sinkt der Aufwand um einen Betrag, der 50 Liter Wasser pro Tag entspricht; die produzierte Menge, also der Nutzen, sinkt aber nur um 20 Liter pro Tag. Jede eingesparte Arbeitskraft erhöht demzufolge die Effizienz um einen Betrag, der 30 Liter Wasser pro Tag entspricht. So entsteht eine Triebkraft, die Anzahl der Arbeitskräfte so weit zu reduzieren, dass die verbleibenden gerade noch in der Lage sind, die benötigte Menge zu erzeugen. So weit so gut. Aus technischer Sicht ist gegen dieses Prinzip auch nichts einzuwenden. Aber es gibt dabei eben auch eine soziale Komponente. Die Dorfbevölkerung wird klassifiziert in Arbeitende und nicht Arbeitende. Letztere könnten eine Unzufriedenheit entwickeln. Einerseits sind sie nicht so hoch angesehen, da sie nicht zur Versorgung des Dorfes beitragen, andererseits bekommen sie weniger Wasser, von dem sie vielleicht auch gern mehr haben würden, weil es so gut schmeckt. Aber leider haben sie ja keine Möglichkeit, ihre Situation zu beeinflussen.

Anders ist es, wenn die freigesetzten Arbeitskräfte das System verlassen können, falls es außerhalb ein anderes System gibt, wo sich jene eine Verbesserung ihrer Lage erhoffen. Jetzt sieht die Bilanz so aus: Mit jeder eingesparten Arbeitskraft sinkt der Aufwand weiterhin um 50 Liter pro Tag. Die produzierte Menge sinkt aber ebenfalls um 50 Liter pro Tag, da ja durch die freigesetzte Arbeitskraft innerhalb des Systems auch kein Verbrauch mehr entsteht. Das bedeutet, die Freisetzung einer Arbeitskraft führt nicht zu einer Steigerung der Effizienz. Somit entfällt die Triebkraft zur Einsparung von Arbeitskräften, was die Ausbildung der Widersprüche im System eindämmt. Wie gesagt, in der Realität sind diese Mechanismen weitaus komplexer, aber ich hoffe, so ist es einigermaßen anschaulich. Wie wir auch in diesem Fall sehen, bewirkt die Konkurrenz, die außerhalb des Systems angesiedelt ist, eine veränderte Optimierungsstrategie. Und in diesem Fall hat das Ergebnis eine positive Wirkung für das Gesamtsystem. Die Ausbildung von Widersprüchen wird behindert und das System damit insgesamt stabilisiert.«

Ich musste nachdenken.

31

»Und was müssen wir nun tun?«, fragte ich vorsichtig, nachdem mich mein Nachdenken nicht innerhalb einer vertretbaren Zeit zu einem brauchbaren Ergebnis gebracht hatte.

»Das hängt davon ab, als was wir uns begreifen, als Klassenkämpfer oder als Kommunisten.«

Wieder ein typischer Tulök'scher Satz, den niemand verstehen kann, der mit seinen Denkmustern nicht vertraut ist. Ich glaubte, darin inzwischen eine gewisse Übung zu haben, dennoch musste ich wieder einmal meine intellektuelle Unterlegenheit eingestehen und nachfragen.

»Ich dachte eigentlich, wir wären beides.«

»Beides? Beides geht nicht.«

»Verstehe ich nicht.«

»Immer noch nicht? Gut, dann als Merksatz: Man kann den Kapitalismus nicht mit einem sozialistischen System bekämpfen. Wir haben das versucht, aber sowohl meine Computersimulation als auch die Realität scheinen sich darüber einig zu sein, dass eine solche Strategie versagt. Und schuld daran sind die Wechselwirkungen, die sich zwangsläufig zwischen beiden Gesellschaftssystemen ausbilden. Wir haben einerseits versucht, diese Wechselwirkungen zu nutzen, um das kapitalistische System zu besiegen, an anderen Stellen wollten wir sie unterbinden, ohne zu realisieren, dass die Unterbindung von Wechselwirkungen auch eine Form von Wechselwirkung darstellt. Noch einmal zurück zur Systemtheorie. Um die Widerspruchsfreiheit eines Systems sicherzustellen, muss man Rekursionen vermeiden. Das sozialistische System erfüllt diesen Anspruch, wie bereits erläutert, zwar von seiner inneren Konzeption her, aber wir handeln uns äußere Rückwirkungen durch die Wechselwirkung mit dem kapitalistischen System ein. Man muss sich den Zustand vor Augen führen. Auf der einen Seite haben wir ein höchst rekursives und damit maximal widersprüchliches System, auf der anderen ein nahezu rekursionsfreies und damit widerspruchsarmes System. Durch Interaktion beider Systeme werden sich die Widersprüche in dem einen System verringern, gleichzeitig in dem anderen vergrößern. Und dieser Umstand ist für das zweite System gefährlich, da es nicht darauf vorbereitet ist, diese Widersprüche zu handhaben. Das rekursive System kann seine Widersprüche in gewissen Grenzen durch eine innere Dynamik unterdrücken. Das andere System hingegen ist auf ein statisches Verhalten ausgelegt. Damit vermeidet es zwar innere Widersprüche, was aber, wenn diese von außen kommen? Erinnere dich an unser Beispielsystem ›Addiere 1‹. Das System selbst ist zunächst einmal rekursionsfrei und damit konsistent. Stellt man die Rückwirkung aber außerhalb des Systems her, sieht es eben anders aus. Dann kann es nur noch eine Omega-Unvollständigkeit vor der Zerstörung bewahren. Genauso ist es mit unserem sozialistischen oder kommunistischen System. Es ist vom Konzept her frei von Widersprüchen, in der Realität ist es das aber nur, solange es isoliert existiert. Unterliegt es Wechselwirkungen nach außen hin, können dadurch Rekursionen erzeugt werden, ohne dass das System darauf irgendeinen Einfluss hätte. Und schon tritt die bekannte Wirkungskette ein: Rekursionen erzeugen Dynamik, Dynamik in der Begrenzung erzeugt Widersprüche, Widersprüche erzeugen Zerstörung. Um diese Wirkungskette zu unterbrechen, muss dieses System seinerseits Mechanismen entwickeln, die Widersprüche zu unterdrücken. Allerdings ist es von seiner Konzeption her darauf gar nicht ausgelegt.«

»Jetzt fällt es mir schwer, dir zu folgen«, war ich gezwungen, den fragenden Ausdruck in meiner Miene zu artikulieren.

»Gut, also wieder ein einfaches Beispiel. Stell dir vor, du bist Lokführer in einem Schnellzug. Du fährst mit Höchstgeschwindigkeit. Plötzlich erhältst du einen Notruf, der dir mitteilt, dass wenige Kilometer vor dir die Brücke eingestürzt ist. Was würdest du tun?«

»Eine Vollbremsung.«

»Und deine Fahrgäste?«

»Die würden ziemlich durchgeschüttelt werden. Trotzdem wären sie wohl dankbar, dass sie überlebt haben.«

»Genau so wäre es. Aber jetzt nehmen wir an, auf dem Nachbargleis fährt ein anderer Zug in dieselbe Richtung, bei dem jedoch die Bremsen defekt sind. Deshalb hält er nicht an, sondern fährt mit unverminderter Geschwindigkeit weiter. Was würde nun geschehen?«

»Es würde einen Unfall geben.«

»Das auf jeden Fall. Aber ich meine, was würde in deinem Zug geschehen?«

»Nichts.«

»Falsch. Deine Fahrgäste würden sich zumindest darüber beschweren, dass es nicht weitergeht.«

»Nun, ich würde ihnen erklären, wieso wir halten.«

»Sie würden dir nicht glauben. Schließlich hat der andere Zug ja auch nicht angehalten. Einige würden dir Prügel androhen, wenn du nicht weiterfährst, andere würden vielleicht sogar versuchen, auf den anderen Zug aufzuspringen, um weiterzukommen. Und wenn du sie daran zu hindern versuchst, indem du die Türen verriegelst, dann würden sie die Fenster einschlagen. Statt Dankbarkeit gäbe es nur Gewalt. Dabei ist die Situation aus deiner Sicht völlig identisch. Der einzige Unterschied besteht darin, dass das System ›Dein Schnellzug‹ mit einem anderen System in Wechselwirkung getreten ist.«

»Ich denke, jetzt verstehe ich das Problem. Aber wie gehen wir damit um?«

»Wir müssen uns entscheiden: Klassenkampf oder Kommunismus. Wenn wir weiterhin versuchen, unser Gesellschaftssystem mit Klassenkampf durchzusetzen, wird uns das immense Anstrengungen abverlangen, doch erreichen werden wir nicht allzu viel. Wir werden dabei in Widersprüche verwickelt, die wir unterdrücken müssen, um nicht unterzugehen. Und die Unterdrückung dieser Widersprüche wird uns zunehmend mehr Kraft kosten. Wir werden Mühe haben, unsere bloße Existenz aufrechtzuerhalten. An eine Weiterentwicklung, geschweige denn an einen globalen gesellschaftlichen Umbruch ist dabei überhaupt nicht mehr zu denken.«

»Was aber wäre die Alternative?«

»Wenn wir ein weltweites kommunistisches System anstreben, gibt es nur eine Möglichkeit: Wir müssen den Klassenkampf einstellen.«

»Doch wäre das nicht ebenso unser Untergang?«

»Unser Untergang wäre es, wenn wir die Fehler, die wir gemacht haben, nicht korrigieren würden. Wir wollten auf einen Berg steigen, sind aber nur auf einem Hügel gelandet. Wenn wir auf den Berg wollen, dann müssen wir zwangsläufig zurück durchs Tal. Das mag den einen erschüttern, den anderen verzweifeln lassen, aber einen anderen Weg gibt es nicht. Wir können uns unser Tun vielleicht ideologisch schönreden, unsere vermeintlichen Erfolge feiern und versuchen, den Hügel zum Berg hochzupalavern. Sehen wir es hingegen nüchtern mathematisch, dann sieht es so aus: Um den Kommunismus in der Welt durchzusetzen, muss zuvor das sozialistische System von der Weltkarte verschwinden.«

Tulök hatte meine Reaktion darauf vorausgesehen und mein Glas in dieser Voraussicht wieder gefüllt. Ich griff danach und kippte es hinter.

»Und dann?«

»Dann ist das ›Loch im Luftballon‹ gestopft. Der Kapitalismus kann sich wieder ungezügelt entwickeln und wird daran zugrunde gehen.«

»Nehmen wir an, deine Theorie sei richtig…«

»Sie ist richtig«, entgegnete er, ohne mich ausreden zu lassen. Also begann ich noch einmal.

»Nehmen wir an, deine Theorie sei richtig. Wie soll das denn in der Praxis aussehen. Ein solcher Fall ist doch gar nicht vorgesehen Sollen alle Regierungen der sozialistischen Staaten zurücktreten und ›Nun macht mal‹ sagen?«

»Vertraue stets auf die Mathematik, sie irrt nicht. Jedes System wird zerstört, das seine Widersprüche nicht mehr abfangen kann. Wir sind da keine Ausnahme. Zwar wollten wir ein System schaffen, in dem es keine Widersprüche gibt, aber durch die Mechanismen, die ich dir zu erläutern versucht habe, stehen wir inmitten solcher. Und es ist ebenfalls so, dass wir inzwischen eine ungeheure Anstrengung darauf verwenden, diese Widersprüche zu unterdrücken, sei es durch Agitation und Propaganda oder indem wir gegen jene mit staatlicher Gewalt vorgehen, deren Meinung uns nicht gefällt. Alles, was wir tun müssen, ist, damit aufzuhören. Gut, ein wenig müssen wir vielleicht nachhelfen, aber den Rest erledigt die Mathematik für uns.«

»Wie meinst du das, ›nachhelfen‹?«

»Nun, wir haben mit unserer Politik viele Menschen eingeschüchtert. Es gibt viel mehr, die eine kritische Meinung bezüglich der Entwicklung in unserem Staat haben, als es öffentlich zugeben würden. Wir müssen den bestehenden Widersprüchen Raum geben, sich zu entfalten. Deshalb meine Aktivitäten in der Nikolaikirche, deshalb die Formalitäten bei der Ausreise der Botschaftsflüchtlinge, deshalb die Öffnung der ungarischen Grenze, deshalb die Forderung, bei öffentlichen Kundgebungen keine Gewalt anzuwenden.«

»Moment mal. Da hast du überall deine Finger mit drin? Du hast der Konterrevolution die Stange gehalten?«

»Eben nicht, begreife es doch endlich. Erstens war es eine einmalige Situation, die genutzt werden musste, zweitens ist es keine Konterrevolution, sondern die Fortsetzung der kommunistischen Revolution. Niemand wird dafür den Begriff ›Konterrevolution‹ benutzen. Ich gebe zu, ich habe Dinge getan, die unsere Ideologen als staatsgefährdend einstufen würden. Ja, ich habe Herrn Fürrast von der Nikolaikirche nahegelegt, dort einen Raum zu schaffen, in dem kritische Meinungen öffentlich geäußert werden können. Ja, ich habe die Botschaftsflüchtlinge aus Prag über die DDR ausreisen lassen wollen, um unserer Bevölkerung die Möglichkeit zu geben, an diesem Vorgang teilzuhaben und sich ein eigenes Bild von der Lage zu machen. Ja, ich habe meine noch bestehenden Verbindungen nach Ungarn genutzt, um dort Dinge anzustoßen, die für unser Land Vorbildfunktion haben könnten. Und ja, ich habe auf Gewaltverzicht bei Demonstrationen bestanden, um die öffentliche Meinungsäußerung zu fördern. Und ich habe all das getan, um unser Ansehen nicht noch weiter in den Schmutz ziehen zu lassen. Wir werden es ohnehin schwer genug haben. Wir wollen eine kommunistische Gesellschaft, aber im Moment assoziieren alle auf diesen Begriff nur ›Staatsgewalt‹ und ›Unfreiheit‹. Je weiter wir unser jetziges Spiel treiben, desto schwieriger wird es, dieses Bild geradezurücken.

Ich weiß, das alles steht im Widerspruch zu eurer Ideologie. Aber wenn du meine Ausführungen halbwegs verstanden hast, wirst du einsehen, dass es keinen anderen Weg gibt.«

32

Nachdem ich mich von Tulök verabschiedet hatte – erneut in etwas schroffem Ton, da mein Weltbild soeben in kleine Stücke gehackt worden war –, lief ich ziellos durch die Nacht. Das jedenfalls hätte ich behauptet, um mir nicht eingestehen zu müssen, dass ich eigentlich auf der Suche nach einer Kneipe war. Schließlich wurde ich auch fündig und deren noch verbleibende Öffnungzeit war gerade ausreichend, mich in einen Zustand zu versetzen, der den Verzicht auf Benutzung meines Kraftfahrzeuges rechtfertigen konnte. So legte ich den Weg zu meiner Wohnung zu Fuß zurück, wobei mein schweres Herz in einem ebensolchen Kopf einen äquivalenten Begleiter fand; jedenfalls bis zum nächsten Morgen.

Als ich erwachte, war mein Kopf wieder klar, und als ich mir Tulöks Ausführungen vom Vorabend noch einmal durch diesen gehen ließ, war auch der Schwere in meinem Herzen abgeholfen. Jetzt hatte ich nicht nur begriffen, sondern verinnerlicht, wie sehr dieser Mann recht hatte. Wir hatten in der zurückliegenden Zeit so viel falsch gemacht, dass augenblickliche Schadensbegrenzung angezeigt war. Diese jedoch durchzusetzen, benötigte ich einen Verbündeten.

Einen solchen fand ich in der Person von Gernot Senk. Nachdem ich ihm Tulöks Gedanken auf laienhafte Weise nahegebracht hatte, hätte ich eigentlich erwartet, dass er dieselben Anzeichen von Bestürzung offenbaren würde, wie ich es einige Tage zuvor auch getan hatte. Doch er blieb augenscheinlich gelöst und alles, was er sagte, war:

»›Ich werde euch allen beweisen, dass ihr euch irrt.‹ Jetzt verstehe ich, was er damit gemeint hat.« Worte eines Mannes, den nichts so leicht erschüttern kann.

»Und was machen wir jetzt?«

»Ich kenne die Genossen im Zentralkomitee gut, jeden einzelnen von ihnen. Und ich weiß, dass es unter ihnen einige gibt, die sich Veränderungen wünschen.«

»Warum beschließen wir dann keine Veränderungen?«

»Weil der Genosse Honecker dagegen ist.«

»Dann müssen wir...«

Ich wagte nicht, den Satz zu Ende zu sprechen. Eigentlich hatte ich sagen wollen, dass man den Genossen Honecker dann eben überzeugen müsse. Aber den Generalsekretär des Zentralkomitees zu agitieren vorzuschlagen, dazu sah ich mich nicht in der Position. Schließlich war ich das dienstjüngste Mitglied in diesem Gremium und ich wollte meine Mitgliedschaft nicht leichtfertig aufs Spiel setzen. Ich war mir dessen bewusst, dass ich in Tulöks Sinn dort noch vonnöten sein würde. Ein gesenkter Daumen des Generalsekretärs, das wäre das Letzte gewesen, das ich hätte gebrauchen können.

»Du hast recht«, entgegnete Senk. Mir war dabei nicht bewusst, dass er mich missverstanden hatte.

33

Das Gebäude des Zentralkomitees befand sich am Werderschen Markt. Eigentlich befindet es sich immer noch dort, auch wenn es auf den ersten Blick nicht ersichtlich ist. Inzwischen wurde direkt davor ein Neubau errichtet, der das Auswärtige Amt beherbergt und dessen Fassade aus Glas und Kalkstein, zeitgemäße Effizienz in der Raumnutzung vortäuschend, das dahinter gelegene historische Objekt in schamvoller Weise zu verbergen bemüht ist. Dabei hatte das ursprüngliche Arrangement aus einer monumentalen Front mit dem überdimensionalen Parteiemblem und dem begrünten Vorplatz eine gewisse Strahlkraft. Zumindest mir hatte dessen Anblick immer einen Schauer über den Rücken laufen lassen – so in etwa musste sich ein Katholik beim Anblick des Petersdoms fühlen.

Als ich an diesem Tag das Gebäude betrat, war ich mir dessen noch nicht bewusst, wie schnell es mit diesem Anblick vorbei sein würde. Es war der 18. Oktober und die Tagung des Zentralkomitees hatte man kurzfristig anberaumt. Es war gerade einmal zwei Tage her, dass ich mit Senk gesprochen hatte. So glaubte ich, dass er meinen unausgesprochenen Vorschlag in die Tat umsetzen würde, den Genossen Honecker zu einem Richtungswechsel in der Parteilinie zu drängen. Insofern stieg ich mit einem etwas mulmigen Gefühl in der Magengegend die Treppe hinauf, darüber sinnierend, welche Folgen es für mich haben könnte, wenn bekannt würde, dass diese

Idee meinen Gedanken entsprang. Doch es sollte anders kommen.

Schon vor Beginn der Tagung waren die Teilnehmer von einer gewissen Unruhe ergriffen. Ich muss zugeben, ich war noch nicht lange genug dabei, als dass ich in der kollektiven Stimmung eine eindeutige Veränderung zu früheren Veranstaltungen hätte erkennen können. Dennoch lag etwas in der Luft, so mein Eindruck.

Als der Generalsekretär die Tagung eröffnete, schien alles noch in geordneten Bahnen zu verlaufen. Doch was dann kam, damit hatte ich in der Tat nicht gerechnet. Der Genosse Honecker hielt eine Ansprache, in der er den Rücktritt von allen seinen Ämtern erklärte. Das hatte weder in meiner Absicht gelegen noch hätte ich mir so etwas überhaupt vorstellen können. Ich war in solchem Maß vor den Kopf gestoßen, dass ich nach Abschluss der Tagung erst einmal Senk zu einem Vier-Augen-Gespräch bitten musste.

»Was ist denn hier passiert, Gernot?«

»Das, was notwendig war.«

»Aber woher kam der plötzliche Entschluss des Genossen Honecker?«

»Nun, wir haben ihm diesen nahegelegt. Besser gesagt, die Erklärung, die er verlesen hat, haben wir für ihn geschrieben.«

»Und wer ist ›wir‹?«

»Einige Genossen im Zentralkomitee, die ebenfalls Veränderungen für notwendig erachten.«

»Innerhalb von zwei Tagen?«

»Nein, wir arbeiten schon länger daran.«

»Aber ich habe doch erst vorgestern mit dir gesprochen.«

»Ach unser Gespräch... Nein, darüber sind die anderen noch nicht informiert.«

»Und wenn sie es wären?«

Ich spürte eine gewisse Labilität in den Kniegelenken. Zwar war der Genosse Honecker für mich jetzt keine Gefahr mehr, aber wie stand es um seine Erben? Tulök hatte mich von der Notwendigkeit gewisser Dinge überzeugt, diese aber im Alleingang durchzusetzen fehlte es mir, ehrlich gesagt, an Bereitschaft.

»Mach dir keine Sorgen. Ich kümmere mich darum«, versuchte Senk mich zu beruhigen. Ich vertraute auf seine Worte.

34

Die nächste Tagung des Zentralkomitees war für den 8. November angesetzt worden. Obwohl seit der letzten erst die vergleichsweise kurze Zeitspanne von drei Wochen verstrichen war, fieberte ich diesem Ereignis mit Ungeduld entgegen. Ich hatte Senk mit einigen Instruktionen ausgestattet und war guter Hoffnung, dass er in der zugegebenermaßen knapp bemessenen Zeit etwas bewegt hatte, das dem Geschehen den richtigen Weg weisen würde. Da ich begierig war, schon vorab etwas darüber zu erfahren, hatte ich ihn abgepasst und ihm noch vor Beginn der Tagung ein Gespräch angetragen.

»Nun Gernot, tut sich etwas?«

Senk zögerte, was mich befürchten ließ, dass die Dinge doch nicht so weit gereift waren wie erhofft.

»Ich habe mit dem einen oder anderen gesprochen und vorsichtige Andeutungen gemacht. Leider ist bis jetzt niemand direkt darauf eingestiegen, weshalb ich es vermeiden musste, konkret zu werden. Aber ich denke, die heutige Tagung wird Ergebnisse bringen, die in unserem Sinne sind.«

Auf der Tagesordnung stand als wesentlicher Punkt die Erarbeitung von Richtlinien für ein Reisegesetz. Die Anregung dazu hatte mir Tulök gegeben und mir auch erläutert, worauf es dabei ankäme. Ich selbst befand mich allerdings nicht in der Position, einen solchen Vorschlag einzubringen, weshalb ich Senk damit betraut hatte. Da diesbezügliche Entscheidungen inzwischen auch von der Mehrzahl der Mitglieder des Zentralkomitees als notwendig erachtet wurden, weil nur auf diese Weise ein als vordringlich erkanntes Problem gelöst werden konnte, sah ich bei der Umsetzung anfangs keine Schwierigkeiten. Senk hatte sich entsprechend vorbereitet und trat als Wortführer auf. Ich ließ ihn zunächst gewähren, war aber zum Eingreifen bereit, falls es sich erforderlich machen würde. Diese Notwendigkeit ergab sich nicht, da Senk offenbar genau verstanden hatte, worauf es ankam.

Tulök hatte mir eingeschärft, dass die Situation nur gelöst werden konnte, wenn man den sich entwickelnden Widersprüchen Raum zur Entfaltung geben würde. Und das von Senk vorbereitete Schriftstück entsprach dieser Forderung in nahezu perfekter Weise. Es formulierte Regelungen, mit denen es jedem DDR-Bürger möglich sein sollte, auf unbürokratische Weise die Genehmigung zu einer ständigen Ausreise zu erlangen. Dieser Schritt wurde auf breiter Front als unumgänglich erkannt, um zu vermeiden, dass die Bürger weiterhin die Flucht über die ČSSR oder Ungarn antraten; ein Vorgang, der die Souveränität unseres Staates untergrub und demzufolge unserem Ansehen schweren Schaden zufügte. Die eigentliche Forderung der Mehrzahl der Bürger nach »Reisefreiheit« wurde damit aber in keinster Weise berücksichtigt. Man hätte meinen können, Senk scheue sich vor radikalen Maßnahmen und wolle mit diesem Entwurf die Genossen im Zentralkomitee nicht überfordern, ich aber hatte den wahren Hintergrund verstanden. Ein solches Gesetz würde keine Widersprüche eindämmen, sondern, ganz im Gegenteil, derer neue schaffen. Und das Zentralkomitee würde glauben, den Stein der Weisen entdeckt zu haben, und unbesehen zustimmen. So geschah es dann auch.

Nach Abschluss dieses ersten Sitzungstages drückte mir Senk sein Papier in die Hand. Er ließ mir persönlich die Ehre zuteilwerden, damit am nächsten Tag im Ministerium des Innern vorstellig zu werden, um es dort abzustimmen und in einen Gesetzentwurf zu gießen.

35

Mein Ansprechpartner im Innenministerium war ein gewisser Oberst Harald Greuter, der kürzlich zum Leiter der Abteilung Pass- und Meldewesen ernannt worden war. Senk hatte mir versichert, dass es mit jenem keine Probleme geben würde, da er noch dabei war, sich in sein neues Amt einzuarbeiten und es demzufolge vermeiden würde, an unserem Vorschlag allzu viel herumzustreichen. Wir gingen davon aus, dass dieser nahezu unverändert in den Gesetzentwurf übernommen werden würde. Leider war das ein Irrtum.

Es war der Morgen des 9. November, als ich mich auf den Weg in besagtes Ministerium machte, eigentlich gut gelaunt ob des Umstandes, dass sich jetzt etwas bewegen würde, dennoch mit einem Kribbeln im Magen. Die Beschlüsse, die zu fassen waren, würden weitreichende Konsequenzen haben, darüber war ich mir schon im Klaren. Dass dieser Tag aber neun Stunden später den Gang in die Geschichtsbücher antreten sollte, hatte ich nicht auf dem Zettel.

Die Besprechung war für 10:00 Uhr angesetzt. Obwohl ich etwas früher erschienen war – nicht nur aus Gründen der Pünktlichkeit, sondern vor allem, um meine Pulsfrequenz vorab wieder auf Normalmaß zu reduzieren –, waren ein Genosse aus diesem Haus und einer aus meinem Ministerium bereits anwesend. Man begrüßte sich freundlich, wie unter Genossen üblich, und ging schnell zum unverbindlichen Smalltalk über. Das Thema, das heute auf der Agenda stand, wagte noch niemand anzuschneiden.

Dann, pünktlich zum Termin, betrat der Chef den Raum und füllte ihn augenblicklich mit einer Energie, die uns in eine aufrechte Sitzposition brachte. Trotz der wohligen Wärme, die von der Heizung in meinem Rücken ausging, überkam mich ein kühler Schauer. Das war kein Mann, der sich hinter vorgeblicher Unerfahrenheit verstecken würde. Und genau so kam es dann auch. Nachdem er uns begrüßt hatte, setzte er sich zu uns und verlas die Tagesordnung, besser gesagt, er verkündete sie. Ablesen musste er sie nicht und hätte es auch gar nicht gekonnt, denn das einzige Blatt Papier, das er sich zurechtgelegt hatte, war noch leer. Ich reichte ihm die von mir mitgebrachte Niederschrift und spürte, dass mein Puls trotz aller zuvor angestrengten Bemühungen wieder in die Höhe schnellte.

Noch während Greuter das Papier durchging, schüttelte er den Kopf und bemerkte:

»So geht das nicht.«

Er hatte ja recht, dennoch musste ich ihn davon überzeugen, den Entwurf zu akzeptieren.

»Aber mehr können wir im Moment nicht tun«, versuchte ich gegenzuhalten.

»Das Volk verlangt Reisefreiheit, dem können und dürfen wir uns nicht verschließen. Die Folgen wären nicht absehbar.«

»Aber auch so wären die Folgen nicht absehbar«, spielte ich meine letzte Karte aus, leider nur eine Lusche in Nebenfarbe.

Greuter ließ sich nicht beirren. Er machte sich sofort daran, eine neue Fassung zu schreiben, und ich hatte nicht die leiseste Idee, wie ich dies hätte verhindern können. Ihm auf die Schnelle die Tulök'sche Philosophie nahezubringen wäre ebenso aussichtslos gewesen wie eine Drohung mit der Dumpfheit der Faust oder der Spitze der Partei. Greuter wusste offenbar genau, was er wollte und worauf es ankam, und beides schien miteinander in vollkommener Weise zu harmonieren. Mir blieb zunächst nichts weiter übrig, als ihn gewähren zu lassen und Senk zu verfluchen, der mich blauen Auges in Greuters frisch gewetzten Rotstift hatte laufen lassen.

Als uns am frühen Nachmittag eine Abschrift dieser »korrigierten Version« zugestellt wurde, musste ich sofort mit Senk sprechen.

»Das ist nicht das, was wir uns vorgestellt haben.«

Ich bemühte mich um einen vorwurfsvollen Ausdruck in der Stimme, da ich Senk die unbedarfte Fehlbewertung der innen-ministerialen Entscheidungsautonomie noch nicht verziehen hatte.

»Stimmt. Ich habe Greuter wohl unterschätzt.«

»Hattest du ihn nicht genau instruiert?«

»Ich bin davon ausgegangen, dass es nur eine Formalität ist. Ich konnte nicht ahnen, dass er sich genötigt fühlt, eigene Gedanken einzubringen, anstatt sich unbesehen den Anweisungen von oben zu fügen. So etwas gab es bisher nicht.«

»Du meinst also, es war nicht vorauszusehen?«

»Für mich nicht. Aber du warst doch dabei. Was ist denn dort abgelaufen? Konntest du selbst nicht eingreifen?«

»Und was hätte ich tun sollen? Dem Genossen Greuter erklären, dass wir ein Gesetz brauchen, mit dem wir das Land aus den Angeln heben, anstatt es zu retten?«

»Du hast recht.«

Senk überlegte, dann kam er mit folgendem Vorschlag:

»Aber die Weisungsbefugnis liegt immer noch bei uns. Wenn wir darauf bestehen, muss Greuter unseren Vorschlag akzeptieren. Genau genommen, brauchen wir ihn nicht einmal dafür. Wir können seine Änderungen sogar eigenständig revidieren.«

»Aber wie sähe das aus? Erst beauftragen, dann übergehen wir ihn. Das könnte für uns auch Folgen haben.«

In diesem Moment waren wir ziemlich ratlos. Dann kam mir der wohl einzig hilfreiche Gedanke. Ich griff zum Telefon und rief Tulök an. Nachdem ich ihm erklärt hatte, auf welch grandiose Weise wir seine kühne Idee gerade den Gully hintergespült hatten, hätte ich eigentlich eine gewisse Ungehaltenheit in der Hörmuschel erwartet. Aber nichts dergleichen. Tulöks Hirn arbeitete auch in Ausnahmesituationen zuverlässig und präzise.

»Horst, das ist perfekt. Ihr müsst den Entwurf sofort veröffentlichen. Dann wird er die Wirkung haben, die wir brauchen.«

»Aber er ist mit einer Sperrfrist bis morgen früh belegt worden.«

»Pfeif drauf. Er muss sofort bekannt gemacht werden. Und wenn dazu eine kleine Panne notwendig ist…«

Zunächst einmal kamen wir aber nicht umhin, den neuen Entwurf dem Zentralkomitee zur Abstimmung vorzulegen. Dabei stand weder die Hoffnung noch die Befürchtung, dass dieser auf Ablehnung stoßen könnte; die Indifferenz, die inzwischen unter den Genossen Ausbreitung gefunden hatte, war schon beinahe als Lethargie zu bezeichnen. Unter diesen Bedingungen handelte es sich um eine reine Formsache, um nicht den negativ belegten Begriff »Durchwinken« zu verwenden.

Nachdem dieser Schritt getan war, galt es, Tulöks Forderung gerecht zu werden. Und hier zeigte sich Senks Souveränität im Umgang mit der Situation. Er hatte sofort erkannt, wer zu unserer Geheimwaffe werden könnte.

Günter Schabowski war zwar Mitglied des Zentralkomitees und hätte demzufolge an der Tagung teilnehmen sollen, allerdings war er mit »Öffentlichkeitsarbeit« betraut worden und den ganzen Tag über schon mit Vertretern der Presse unterwegs. Als er schließlich doch noch erschien, ergriff Senk die Gelegenheit. Er wusste, dass Schabowski heute noch eine Pressekonferenz geben würde, auf der über die Beschlüsse des Tages berichtet werden würde. Er schob ihm das Papier zu, mit dem Auftrag, es in die Pressekonferenz mitzunehmen. Die Sperrfrist war zwar auf dem Dokument vermerkt, Senk hatte darauf aber nicht explizit hingewiesen. So nahmen die Ereignisse ihren Lauf.

36

Die Pressekonferenz war für 18:00 Uhr angesetzt. Da die Tagung des Zentralkomitees bis in den späten Abend hinein andauern würde, hatte uns der Genosse Schabowski wieder verlassen, um seiner Verpflichtung nachzukommen. »Uns« ist nicht ganz richtig gesagt, denn kaum, dass Schabowski gegangen war, gab mir Senk ein Zeichen, jenem zu folgen. Ich weiß nicht, ob es eine lichte Voraussicht oder eine dunkle Vorahnung vonseiten Senks gewesen war; auf jeden Fall hielt er es für angeraten, dass ich an dieser Pressekonferenz teilnehme, und im Nachhinein hatte sich das als sehr notwendig erwiesen.

Das Internationale Pressezentrum befand sich in der Mohrenstraße, Luftlinie gerade einmal 400 Meter vom Gebäude des Zentralkomitees entfernt. Um es fußläufig zu erreichen, muss man aber nahezu die doppelte Wegstrecke bewältigen, da es keine direkte Verbindung zwischen beiden Institutionen gibt. Grund dafür ist, dass das Areal auf dem Gelände einer ehemaligen Festung gelegen ist, deren Wehranlagen noch heute den Straßenzügen ihren verwinkelten Verlauf vorgeben. Auf jeden Fall kostete mich der Weg mehr Zeit, als ich vorab eingeschätzt hatte.

So war es bereits kurz vor 18:00 Uhr, als ich im Pressezentrum eintraf, und der Pressesaal von Journalisten aus aller Herren Länder gut gefüllt. Ich stand an der Eingangstür und spähte nach einem freien Platz, aber erfolglos. Ich ließ meinen Blick durch die Reihen streifen und wann immer ich ein Gesicht sah, das mir zugewandt war, erkannte ich darin eher einen gelangweilten als einen begeisterten Ausdruck. Offenbar waren die meisten der hier Anwesenden erschienen, weil es ihre Aufgabe war; umwerfende Neuigkeiten erwarteten wohl die Wenigsten.

Ebenso erging es augenscheinlich einem Reporter von einer italienischen Zeitung, der neben mir stand und wohl auch etwas zu spät gekommen war. Er stand vor demselben Problem wie ich, machte aber einen weniger entschlossenen Eindruck, seiner Pflicht nachzukommen. Ihm schien der Belegungsgrad des Raumes ein willkommener Vorwand zu sein, auf dem Absatz kehrtzumachen und den Abend lieber bei einem vortrefflichen Rotwein ausklingen zu lassen, als sich das hier anzutun. Als er das Parteiabzeichen am Revers meines Jacketts erblickte, raffte er jedoch den letzten Rest an südeuropäischem Arbeitseifer zusammen und wollte sich zumindest die Richtigkeit seines Entschlusses aus erster Hand bestätigen lassen.

»Ist denn mit wichtigen Neuigkeiten zu rechnen?«, fragte er mit der gespielten Unbedarftheit eines Presse-Profis.

»Auf jeden Fall. Heute wird das neue Reisegesetz besprochen.«

Ich weiß im Nachhinein nicht, warum ich diese Antwort gegeben hatte. Eigentlich stand es mir gar nicht zu, derartige Erklärungen abzugeben. Vielleicht hatte es daran gelegen, dass ich auf eine solche Frage nicht vorbereitet war, vielleicht fühlte ich mich in diesem Moment wichtig, gleich. Die Reue über diese Indiskretion würde sich eine Stunde später aufgelöst haben.

Ich sah auf die Uhr. Es war 17:58 Uhr. Gleich würde es losgehen. Da kein Sitzplatz mehr verfügbar war, bewegte ich mich in Richtung des Podiums und bezog seitlich Stellung, hielt mich aber im Hintergrund. Schabowski eröffnete die Pressekonferenz, indem er sich und seine Kollegen vorstellte. Dann begann er zu reden, über Dinge, die niemanden im Saal so richtig interessierten. Ich wartete gespannt darauf, dass er zum bedeutsamen Punkt käme, aber nichts geschah, eine Dreiviertelstunde lang. Die Veranstaltung schien sich dem Ende entgegenzuneigen; ich überlegte, ob ich eingreifen sollte, auf welche Weise dies geschehen konnte und welche Wirkung es hätte. In diesem Moment höchster Verzweiflung ging mir mein neugewonnener italienischer Freund zur Hand. Er stellte eine Frage zum neuen Reisegesetz, das ich ihm angekündigt hatte und das wohl der einzige Grund dafür war, dass sich jener Kollege überhaupt noch im Saal befand.

Schabowski wirkte in diesem Moment zunächst verdutzt. Nachdem er sich gesammelt hatte, erklärte er, dass es ein neues Reisegesetz gäbe, das die ständige Ausreise aus der DDR regeln würde. Jetzt war ich verunsichert. Offenbar war er nicht darüber informiert, was das Zentralkomitee kurz zuvor tatsächlich beschlossen hatte. Er fügte noch hinzu, dass der internationalen Presse ein entsprechendes Dokument bereits vorliegen müsse, und begann dann, nervös in seinen Papieren zu blättern. Ich sah mich in der Pflicht, ihm in der Misslichkeit seiner Lage beizustehen, denn im Moment machte es nicht den Eindruck, als wäre das alles noch vorbereitet gewesen. Ich trat an ihn heran, zog mit zielsicherem Griff das mir bekannte Dokument aus dem Stapel der Unterlagen und reichte es ihm. Er verlas es und erst dabei bemerkte er, dass es offenbar nicht das war, was er selbst erwartet hatte. Aber es gab kein Zurück mehr. So verkündete er mit noch etwas unsicherer Stimme, dass künftig sowohl Reisen als auch ständige Ausreisen über die Grenzübergangsstellen der DDR möglich sein werden. Auf die Rückfrage aus dem Auditorium, wann diese Regelung in Kraft tritt, wirkte er erneut verunsichert und sprach dann die geschichtsträchtigen Worte:

»Das tritt nach meiner Kenntnis… ist das sofort, unverzüglich.«

Dann brachen alle Dämme.

37

Als Oberstleutnant Erhard Jägal, diensthabender Leiter am Grenzübergang Bornholmer Straße in Berlin, an diesem Tag seinen Dienst antrat, gab es noch kein Anzeichen dafür, dass nach Ende seiner Schicht nichts mehr so sein würde wie zuvor. Zunächst erging sich alles in der Routine, die er sich in langjähriger Dienstzeit erarbeitet hatte, und das so lange, bis er den ebenfalls routinemäßigen Gang in die Kantine antrat. An diesem Abend würde ihm das Essen schwerer im Magen liegen als sonst.

Während er speiste, wandte er den Blick immer wieder zum Fernseher, der lief und die von Günter Schabowski abgehaltene Pressekonferenz übertrug. Nachdem diese geendet hatte, traf Jägals Pause dasselbe Schicksal, denn ihm als erfahrenen Grenzschützer war sofort klar, dass diese in aller Naivität gehaltene Ansprache nicht ohne Folgen bleiben würde. Unverzüglich nahm er Kontakt zu seinem Vorgesetzten, Oberst Heinz Douringer, auf, um herauszufinden, was die Genossen da verzapft hatten, erhielt aber außer der wenig hilfreichen Anweisung, dass alles so weiterläuft wie bisher, keine brauchbaren Informationen. Leider hatte ein Großteil der Bevölkerung Schabowskis Pressekonferenz ebenfalls verfolgt oder war durch Nachrichtenkanäle diverser Himmelrichtungen über deren Ergebnis informiert worden, erlag dabei aber dem Versäumnis, seinerseits bei Douringer anzurufen und sich die aktuell noch unveränderlich bestehende Gültigkeit des bisherigen Grenzprotokolls bestätigen zu lassen.

So geschah es, dass sich vor dem geschlossenen Schlagbaum eine sozialistische Wartegemeinschaft bildete, deren Zuwachsrate man zu anderer Zeit bestenfalls dem sich flächenbrandartig ausbreitenden Gerücht hätte zuschreiben können, dass es in West-Berlin Bananen gibt. Allerdings war es schon spät am Abend und die Verkaufsstellen für derartige Artikel mutmaßlich bereits geschlossen. Dennoch waren die meisten unbelehrbar und vehement entschlossen, diesen Umstand persönlich in Augenschein zu nehmen. Sie forderten mit Nachdruck die Freigabe der Passage, ohne über einen entsprechenden Sichtvermerk, geschweige denn ein für dessen Aufnahme vorgesehenes Personaldokument zu verfügen.

Jägal ließ sich zunächst nicht beirren und erläuterte auf Nachfrage immer wieder die für einen Grenzübertritt notwendigen Voraussetzungen. Leider verbreiteten sich diese Informationen weit weniger schnell als jene, die immer mehr Menschen in Richtung der Grenzübergangsstellen trieben. Es wurde kritisch.

Nachdem sich der Bericht über die Brisanz der Lage einmal die Befehlskette hinauf- und wieder hinuntergehangelt hatte, lag eine Entscheidung vor, wie mit der Situation umzugehen sei. Diese sah vor, die querulantesten der Grenzbelagerer aus-, aber nicht wieder einreisen zu lassen. Doch diese Strategie versagte im Ergebnis. Die Vielzahl der Ausreisewünsche überstieg die verfügbare Kapazität zu deren bürokratisch korrekten Abwicklung. Schließlich sah Jägal keine andere Lösung, als den Schlagbaum und damit jeglichem Aus- und Einreisestrom den Weg zu öffnen. Das Ergebnis dessen ist bekannt.

Ich selbst hatte von diesen Vorgängen zunächst nichts mitbekommen, da ich nach Ende der Pressekonferenz in die Tagung des Zentralkomitees zurückgekehrt war, um Senk über den Stand der Dinge und den Grad der Verwirklichung unseres Vorhabens zu informieren. Hätte ich Kenntnis davon gehabt, wie problematisch die Lage an diesem Abend gewesen war, ich hätte wohl an der Richtigkeit der von uns getroffenen Maßnahmen gezweifelt. Gut, es war wieder einmal alles friedlich geblieben, doch das verdanken wir wohl nur der Umsicht des an den Grenzübergangsstellen diensttuenden Personals. Es hätte auch anders kommen können.

38

Obwohl der Weinbrand derselbe war wie sonst, schmeckte er irgendwie anders. Vielleicht spürte er bereits, dass er – überragende Qualität hin oder her – seine führende Rolle auf dem Spirituosenmarkt der DDR in nicht allzu langer Zeit einbüßen würde. Der eisige Wind aus dem Osten drehte gerade auf West und würde mit der dort ansässigen marktwirtschaftlich gestählten Konkurrenz und ungebremstem Nachdruck die neuen Explorationsgebiete überschwemmen. Zeit wurde es, so dachten viele.

Ich, das muss ich ehrlich eingestehen, überblickte die neue Situation noch nicht. Ich dachte einige Wochen zurück, als ich halb voll – die Flasche halb leer – vor dem Fernseher gesessen hatte und dem kalten Schauer der Historie meinen Rücken hinabzugleiten den Genuss nicht verwehren konnte. Und jetzt? So viel Freude, so viel Erleichterung, so viel Befreiung ringsherum; irgendwie spürte ich, dass alles, was wir in den letzen Monaten bewegt hatten oder, besser gesagt, sich hatten bewegen lassen, gut war. Nur mein Freund Gerd schien nachdenklich zu sein wie eh und je. Er hielt sein Glas in der Hand und drehte es, ohne zu trinken, mit Daumen und Zeigefinger hin und her, als wolle er sagen: »Solange ich es nicht austrinke, kommt auch nichts anderes hinein.«

»Eigentlich können wir froh sein, wie alles abgelaufen ist«, versuchte ich ihn zu animieren, sich den edlen Tropfen einzuverleiben. »Es hätte schlimmer kommen können, viel schlimmer.«

»Das tut es vielleicht noch«, entgegnete er und stellte sein Glas ab.

»Haben wir wieder etwas falsch gemacht?«

»Wenn man keine Alternative hat, scheint diese Frage unangebracht zu sein.«

»Klingt alles andere als optimistisch.«

»Wir haben getan, was notwendig war. Aber ich erwähnte ja bereits, es wird beschwerlich.«

»Ja, aber sieh dich um. Wir wollten Veränderung, die Menschen wollten Veränderung und jetzt verändert sich etwas. Alle sind voller Euphorie, das ist doch gut. Ich hatte anfangs Zweifel, wie du weißt. Aber jetzt bin ich davon überzeugt, dass es richtig ist.«

»Wir müssen aber eines klar unterscheiden: *Wir* wollten Veränderung, weil wir präzise analysiert haben, dass Veränderung gleich Notwendigkeit ist. Die anderen wollten Veränderung, weil sie glauben, dass Veränderung gleich Verbesserung ist.«

»Und das ist es nicht?«

»Zumindest nicht so, wie es viele erhoffen. Anfangs habe ich das Problem nur mit der Nüchternheit des Mathematikers gesehen. Wir kamen nicht weiter und ich habe nach einem Weg gesucht, wie es weitergehen kann. Und es scheint zu funktionieren, der erste Schritt zumindest ist getan. Dass dieser erste Schritt im Sinne vieler ist, liegt aber nicht daran, dass sie perspektivisch dasselbe Ziel verfolgen, geschweige denn, dieses überhaupt verstehen. Hätte man den Montagsdemonstranten gesagt, dass sie dabei sind, die kommunistische Revolution fortzuführen, sie wären wahrscheinlich alle wieder nach Hause gegangen. Und die werden nun alle enttäuscht, jedenfalls die meisten von ihnen.«

»Im Moment sehe ich aber keine Anzeichen von Enttäuschung, außer vielleicht bei dir. Prost.«

»Ich bin nicht enttäuscht, da ich immer genau bedacht habe, was ich tue. Und ich weiß, dass es keinen anderen Weg gab. Wir hätten versuchen können, so weiterzumachen, aber was hätte es genutzt? Immense Anstrengungen, nur um irgendwie den Status quo zu sichern. Schön wäre das nicht gewesen. Ich habe es ja selbst erlebt, damals in der Untersuchungshaft. Dennoch tut es mir leid, dass sich so viele so viel davon versprechen, was so nicht eintreten kann und nicht eintreten wird.«

»Was meinst du?«

»Nun, was denkst du, wie die Entwicklung weitergehen wird? Die Grenze ist offen und wird es bleiben. Inzwischen gibt es Forderungen nach Einführung der D-Mark und sogar nach einer Vereinigung mit der Bundesrepublik.«

»Ich weiß. Das alles wird wohl nur eine Frage der Zeit sein.«

»Und was glaubst du, warum diese Forderungen gestellt werden?«

»Schwierige Frage.«

»Weil man sieht, wie die Menschen in der Bundesrepublik leben und weil man das auch haben möchte. Doch leider sieht niemand das Hindernis, das dabei im Weg steht.«

»Ich muss zugeben, ich sehe es auch nicht. Welches sollte das sein?«

»Die Mathematik. Ich dachte, das hättest du inzwischen begriffen.«

»Begriffen nicht, aber du wirst es mir sicherlich erklären.«

Gerd wirkte immer noch nachdenklich. Er griff nach seinem Glas und setzte zum Trinken an, dann stellte er es doch wieder ab und sprach:

»Der allgemeine Wohlstand, den wir in der Bundesrepublik sehen und den jetzt viele auch für sich beanspruchen, ist – wie ich schon zu erläutern versucht hatte – das Ergebnis des Wettstreits der Systeme. Ich drücke es mal vereinfacht aus: Die Existenz der DDR ist der Grund dafür, dass es allen Bürgern der Bundesrepublik gut geht, wobei die Betonung auf *allen* liegt. Es ist nicht anzunehmen, dass dieser Zustand anhält, wenn die DDR an die Bundesrepublik angeschlossen wird. Fällt die Wechselwirkung der Systeme weg, werden sich Optimierungsstrategien verändern, die das Nash-Gleichgewicht verschieben, hin zu einem Zustand stärkerer Spannungen und damit Widersprüchen innerhalb der Gesellschaft. Dann wird es wohl so manchem Bundesbürger schlechter gehen als zuvor. Insofern ist es unwahrscheinlich, dass dann gerade die jetzigen DDR-Bürger den Wohlstand der jetzigen BRD-Bürger erreichen könnten. Oder um es mathematisch auszudrücken: In einem hochgradig rekursiven System werden sich Unterschiede immer weiter verstärken. Es ist also nicht davon auszugehen, dass sich durch Vereinigung zweier stark unterschiedlicher Systeme deren Unterschiede mir nichts, dir nichts ausgleichen werden. Eher das Gegenteil ist zu erwarten.«

»Mag schon sein, aber materieller Wohlstand ist ja schließlich nicht alles.«

»Sondern?«

»Nun, es gab ja noch andere Forderungen, zum Beispiel nach Meinungsfreiheit. Ich muss zugeben, da haben wir sicherlich Nachholbedarf.«

Tulök lächelte und erwiderte:

»Meinungsfreiheit ist doch nur etwas für Idealisten. Deren wenige sind jetzt besser dran, das stimmt. Aber sehen wir es doch realistisch. Die meisten fordern doch nur Meinungsfreiheit, um die Meinung äußern zu dürfen, dass ihnen mehr Wohlstand zusteht.«

»Und das wird nicht geschehen, meinst du.«

»Es ist die Frage, wie man Wohlstand definiert. Absolut gesehen, wird es vielen vielleicht besser gehen, aber Wohlstand ist relativ. Es geht dem Menschen nun einmal nur dann gut, wenn es ihm besser geht als dem anderen. Ich hoffe, du hast die Rekursion bemerkt, die diesem Fakt innewohnt.«

Ich nickte und er leerte sein Glas.

Epilog

Wieder sitze ich auf einer Bank mit Blick auf das im Moment stark reduzierte Treiben in der Gedenkstätte »Berliner Mauer« und schreibe die letzten Seiten dieser Geschichte. Eigentlich hatte es nicht in meiner Absicht gelegen, diese überhaupt zu verfassen, aber seit Walter Ulbricht wissen wir ja, dass man manchmal auch Dinge tun muss, die man nicht in Absicht hat; wo sollte das einem mehr bewusst werden als an diesem Ort.

Ich habe lange mit mir gerungen, ob ich auf eine solche Weise meinen sicheren Bau verlassen und mich ins Spot(t)-Licht der Öffentlichkeit begeben soll. Immerhin sind die Geschehnisse von damals – so lange sie auch zurückliegen mögen – mitnichten vergessen und gleich gar nicht verziehen. Das Gras, das in so vielen Jahren eigentlich über so manchem Fehl hätte sprießen können, wird dabei weniger von antiautoritär verzogenem Nachwuchs planiert, als von den Altvorderen selbst immer wieder ausgegraben, um es zur Kaschierung der eigenen Fehlstellen zu verwenden. Insofern wäre es für mich komfortabler, den Kopf nicht aus dem Loch zu strecken.

Dass ich dennoch beschlossen habe, mich auf diese Weise zu exponieren, hat im Wesentlichen drei Gründe. Deren erster besteht darin, dass sich Gerd Tulöks Analysen und Voraussagen bis jetzt als genau herausgestellt haben, so erschreckend genau. Damals verstand ich noch zu wenig von diesen Dingen; inzwischen hatte ich genügend Zeit, mich intensiv damit zu beschäftigen. Und je länger ich darüber nachdenke, je tiefer ich in diese Materie eindringe, desto mehr wird mir bewusst, welche Bedeutung darin liegt; nicht nur für die Geschehnisse vor dreißig Jahren, nein, auch für uns im Hier und Jetzt.

Der zweite und dritte Grund besteht in der ernüchternden Tatsache, dass Gerd Tulök diese Geschichte nicht mehr selbst schreiben kann. Klingt etwas verwirrend, aber er als Mathematiker hätte sich ebendieser Zählweise bedient und ihm zu Ehren tue ich es ebenfalls. Denn es ist in der Tat so, dass mich nicht nur der Umstand dieser Tatsache selbst in die Pflicht nimmt, sondern vor allem ihr Zustandekommen. Gerd Tulök ist vor einigen Jahren bei einem Verkehrsunfall ums Leben gekommen. Ich weiß, es sind über 3000 Menschen, die jährlich in unserem Land ein ebensolches Schicksal erleiden, aber bei ihm war es etwas anderes. Er war viel zu beherrscht, als dass er am helllichten Tag auf trockenem Asphalt ungebremst und frontal gegen den einzigen Baum an dieser Straße prallen würde. Anzeichen von Fremdeinwirkung oder einer gesundheitlichen Beeinträchtigung waren nicht erkennbar.

Doch was hätte einen Mann wie ihn zu einer solchen Tat bewegen können? Ich kenne ihn lange genug und aus meiner Sicht gäbe es wohl überhaupt nur einen einzigen Grund, der ihn mental aus der Bahn hätte werfen können. Dieser wäre meiner Meinung nach aber stark genug, solch eine extreme Wirkung zu entfalten: Sein Verstand arbeitete so genau, dass er es nicht hätte ertragen können, einem Irrtum zu erliegen. Ich hatte diesen Gedanken zunächst wieder verworfen, denn für mich lag es außerhalb jeder Vorstellung, dass er sich geirrt haben könnte. Wie gesagt, alle seine Voraussagen sind bislang eingetreten. Dennoch besteht natürlich diese Möglichkeit, und der Erste, der einer solchen in Erkenntnis gestanden hätte – da bin ich mir sicher – wäre Gerd Tulök selbst gewesen. Leider konnte ich ihn nicht mehr fragen. Doch habe ich mich daraufhin bemüht, in die Gedanken dieses Mannes einzudringen, versucht zu verstehen, was wir damals gemacht haben. Und eines ist mir dabei klargeworden: Man kann noch so exakt arbeiten, eine Simulation wird immer nur so gut sein wie das Modell, das ihr zugrunde liegt. Und wenn sich die Wirklichkeit in einer Weise verändert, dass sie vom Modell nicht mehr korrekt beschrieben wird, muss entweder das Modell angepasst werden oder die Simulation liefert ein falsches Ergebnis. Damals, als wir selbst noch mit wehendem Banner versucht hatten, die Welt zu verändern, war für uns alles eindeutig. Wir standen zu Marx, Lenin und in dem täglichen Kampf, die Diktatur des Proletariats auf dem Erdball auszubreiten, die zwangsläufig zu einer globalen kommunistischen Gesellschaft führen würde. Gerd Tulök hat mich diesbezüglich aber eines Besseren belehrt. Seine systemtheoretischen Betrachtungen, die ich inzwischen verstehe – zumindest besser als damals – halte ich nach wie vor für gültig, jedoch folgt aus ihnen eine bittere Konsequenz, diese zu erkennen mich Jahre gekostet hat: Wenn sich Kapitalismus nicht von außen bekämpfen lässt, indem man ein sozialistisches System etabliert, dann gibt es auch keine Kausalität, ein globales kapitalistisches System durch ein globales kommunistisches System abzulösen, zumindest unter den jetzigen Bedingungen. Mag sein, dass es irgendwann so kommt; dass solches aber notwendigerweise eintritt, wie von Tulöks Simulation vorausgesagt, ist nicht gegeben. Nach Marx'

Theorie hätte, wenn es so weit wäre, ein einiges und schlagkräftiges Proletariat bereitgestanden, diese Entwicklung zu forcieren. Inzwischen aber will niemand mehr dieser Klasse zugerechnet werden, sodass es fraglich ist, was genau geschehen wird. Und dieser Umstand ist Tulök möglicherweise nicht bewusst gewesen, zumindest bis kurz vor seinem Tod. Doch diese Spekulation ist müßig.

Was meine Person betrifft, ich bedaure es nicht mehr, dass mir, wonach wir in jugendlichem Überschwang so vehement getrachtet hatten, zu erleben wohl nicht mehr vergönnt sein wird. Das Alter, das ich inzwischen erreicht habe und das dafür in der Verantwortung steht, hat mich mit der dahingehend notwendigen Weisheit und Gelassenheit ausgestattet. Hinzu kommt, dass dieses »Danach«, das irgendwann auf das »Jetzt« folgen wird, im Buch der Geschichte mit noch sehr unsichtbarer Tinte geschrieben ist.

Was mir hingegen Mut macht, ist die Art und Weise, wie wir jene Situation bewältigen, die, da ich diesen Text zu elektronischem Speicher bringe, über uns gekommen ist. Ein Virus geht um in der Welt und führt uns eindrucksvoll vor Augen, wie fragil unser soziales und ökonomisches System tatsächlich ist. Vielleicht ist das ein Vorgeschmack dessen, was uns – mich vielleicht nicht mehr – erwartet, wenn wir permanent in dem Grenzbereich leben, der den systemtheoretischen Kollaps bedeutet und in dem sogar die vehementesten Verfechter jener »Der-Markt-regelt-alles«-Theorie mit der ureigensten kommunistischen Forderung »Jedem nach seinen Bedürfnissen« auf den Plan treten. Immerhin ist unser politisches System noch stark genug, die Situation zu beherrschen –

nicht auszudenken, wenn dem nicht so wäre. Und hier scheint man sogar bereit zu sein, als notwendig erachtete Maßnahmen zu verhängen und zu akzeptieren, die weitaus drastischer sind als jene, die wir damals als notwendig erachtet hatten. Vielleicht bestand der Irrtum von Gerd Tulök ja nur darin, zu glauben, sich geirrt zu haben.

Nachwort

Gratulation, liebe Leser, wenn sie es bis hierher geschafft haben, ohne das Buch aus Verzweiflung in die Ecke zu werfen. Mir ist bewusst, dass diese Geschichte nicht ganz einfach zu verstehen ist, insbesondere dann, wenn man die beschriebene Problematik bislang nicht einmal als blassen Schatten auf dem Schirm der Selbstsicherheit hatte. Doch wir werden nicht umhinkommen, dies alles zu verstehen, da einzig in unser aller Verständnis jene Gestaltungskraft liegt, die uns davor bewahren kann, blind gegen die Wand zu laufen.

Manch einer unter Ihnen hat die Zeit, von der hier berichtet wird, vielleicht miterlebt, das Glücksgefühl beiderseits der Grenze, dass nun alles besser werden würde. Das überlegene System hatte das unterlegene auf dessen eigenem Feld geschlagen und schickte sich an, ebendieses Feld für sich zu vereinnahmen, um es mit dem ihm innewohnenden Heil zu tränken; dachten alle. Doch was war in Wirklichkeit geschehen? Das dicke Kind war auf die andere Seite der Wippe hinübergeklettert, sein Kumpel auf der Gegenseite hatte ihm sogar noch zugewinkt und ihn mit »Komm hoch zu mir, hier ist es schön« dazu ermuntert. Anstatt aber gemeinschaftlich die Aussicht genießen zu können, war man krachend zu Boden gegangen und daraufhin in heftigen Streit verfallen, wer denn nun daran schuld ist. Die Antwort lautet: Die Naturgesetze bzw. deren mangelhafte Beherrschung. Über lange Zeit hatte man diesen Missstand verdrängt, weil alles irgendwie in Ordnung war und nicht den Eindruck machte, dass es je anders würde sein können. Aber wenn man nach dem hundertsten Bungee-Sprung glaubt, man könne fliegen, und beim nächsten das Seil weglässt, das einen ja nur am »richtigen« Fliegen hindert, wird es schmerzhaft. Plötzlich ist die Ordnung auf unerklärliche Weise ins Wanken geraten und alle Versuche, dem zu begegnen, wirken ziemlich hilflos. Es genügt nicht, die Klage »Die Demokratie ist in Gefahr« in den Raum zu stellen, sie wie eine Drohung klingen zu lassen und zu versuchen, dem durch »Demokratieprojekte« von Schülern mit Leistungskurs Häkeln abzuhelfen. Um die Demokratie zu retten, muss man zweitens gegen ihren größten Feind angehen und diesen erstens überhaupt erst einmal ausmachen. Der größte Feind der Demokratie ist nämlich die Fehlinterpretation dieses Begriffs. Kurze Nachhilfe: Das Wort »Demokratie« stammt aus dem Griechischen und heißt »Herrschaft des Volkes«. Leider wird es heutzutage fast ausschließlich in der Bedeutung »Diktatur der Mehrheit« benutzt. Das ist gefährlich. Für alle, die sich mehr von Emotionen denn von Sachargumenten leiten lassen, sei noch erwähnt, dass man »Diktatur der Mehrheit« – Sprach- und Geschichtswissenschaftler mögen mir die freie Translation und die nicht ganz kontextgerechte Verwendung des Begriffs nachsehen – auch mit »Bolschewismus« übersetzen kann. Wortklauberei, also zurück zu den Sachargumenten. Mag sein, dass sich noch niemand Gedanken darüber gemacht hat, dass das Volk, um dessen Herrschaft es geht, wohl irgendwie eine Grundmenge von 100 % sein muss und nicht nur ein Anteil von im ungünstigsten Fall 51 %, der sich das Recht zumisst, für die 100 % Entscheidungen zu treffen. »Aber wie soll es denn sonst gehen?«, wird an dieser Stelle der Zweifler einwenden, zumindest wenn er den 51 % angehört. Bevor man drüber nachdenkt, muss man sich zunächst einmal klarmachen, warum es auf die beschriebene Weise nicht geht; anderenfalls könnte die Tatkraft allzu schnell erlahmen, die unangenehme Antwort auf diese Frage überhaupt zu suchen, geschweige denn sie zu akzeptieren.

Eigentlich müsste es jedem klar sein, dass der Anspruch der Mehrheit auf das Ganze voraussetzt, dass sich die Minderheit mit nichts zufriedengibt. Sollte die zweitgenannte Gruppe auch nur ein winziges Stück mehr als nichts für sich beanspruchen, wird es schwierig. Bislang konnte man diesem Bestreben noch in Grenzen und der Weise nachkommen, dass man das System auf irgendeine Art aufgeblasen hat. Wenn das aber irgendwann nicht mehr geht, wird es explodieren. Doch anstatt diesen Umstand zu erkennen und ihm zu begegnen, stimmen wir lieber unsere nostalgischen Klagelieder an, bei denen jeder Satz mit »früher« beginnt und die eine unterschwellige Anklage gegen jene erheben, die an den sich ausbreitenden Missständen schuld sind, also die anderen. »Früher war die Rente sicher.« »Früher gab es Zinsen auf Sparguthaben.« »Früher brauchten wir keine Mietpreisbremse.« »Früher gab es keine Gewalt gegen Polizisten.« »Früher gab es keine Hasskommentare im Netz (selbst wenn es das Netz schon gegeben hätte).« Früher, früher, früher… Der einzige Satz, der mit diesem Wort beginnen sollte, lautet: »Früher war das System unvollständig.« Und dass es sich immer weiter seiner Vollständigkeit nähert, muss in unser Denken Eingang und unserem Handeln Ausdruck finden. Einfach nur »gut« zu sein und mit dem Finger auf die – in welcher Hinsicht auch immer

– »Bösen« zu zeigen, ist zu kurz gedacht, und wer glaubt, dass es damit getan sei, sollte sich Folgendes klarmachen: Wir alle sind Teil des Systems, das diese Missstände hervorbringt und wenn der andere nicht der Böse wäre, dann wäre ich es selbst. Davor die Augen zu verschließen und weiterhin das (vermeintliche) Recht der Mehrheit gedankenlos auszuleben, wird nicht funktionieren, weil die Annahme, dass die Mehrheit recht hat, ein Irrtum ist. Recht hätte sie nur dann, wenn sie eine einige Macht darstellen würde, die nur das Wohl des Ganzen im Auge hat. Leider ist sie aber – Nash kann das bestätigen – nur eine Gruppe von Individuen, die sich im Streben um Selbstoptimierung zufälligerweise in einer Interessengemeinschaft befinden, dummerweise auch noch einer, die zur Ausbildung von Rekursionen neigt. Für das Ganze ist dies eben nicht optimal. Im Gegenteil, in einem sich sättigenden System besteht nämlich ein wesentliches Merkmal der Optimierungsstrategie der Angehörigen jener Mehrheit darin, den Angehörigen der Minderheit den Zutritt zur Mehrheit zu verwehren. Das Ergebnis ist die vielbeklagte Spaltung der Gesellschaft, welcher diese offenbar und nun auch verständlicherweise nichts entgegenzusetzen hat.

Was also tun? Weiterhin das Problem zu ignorieren und nur gegen dessen Symptome anzugehen, könnte sich als unzureichend erweisen, nicht nur, weil wir in diesem Bestreben zunehmend Ausfallerscheinungen offenbaren, sondern auch, weil das nicht den Ansprüchen an eine fortschrittliche Gesellschaft gerecht wird. Insofern ist die Antwort auf die oben gestellte Frage schon nicht leicht zu finden, sie umzusetzen noch schwieriger.

Aus systemtheoretischer Sicht sieht es so aus: Wir haben ein System, das eilenden Schrittes seiner Vollständigkeit entgegenstrebt und demzufolge Inkonsistenzen entwickelt, die es zerstören können. Um das zu vermieden, muss man – anstatt blind auf Regularien zu vertrauen, die im denkbar unvollständigsten Zustand des Systems erdacht worden sind – die Rekursionen und damit die Widersprüche aus dem System eliminieren. Doch wohin damit?

Eine Möglichkeit wäre, die Widersprüche nach außen zu verlagern. Das würde aber bedeuten, man müsste eine Diktatur installieren, was zu einem riesigen Aufschrei führen würde, noch ehe dieser Satz zu Ende geschrieben ist. Und der Aufschrei wäre insofern berechtigt, da das mit der Diktatur so eine Sache ist. Vielleicht wäre die Ausübung von Entscheidungsgewalt durch ein Gremium von unabhängigen Fachleuten mit der Fähigkeit, tatsächlich für das Wohl des Ganzen zu sorgen, für das System eine optimale Sache. Leider würde das aber blindes Vertrauen voraussetzen, denn kontrollieren ließe es sich nicht. Jede Kontrolle würde ja – das werden Sie, liebe Leser, inzwischen mit Sachkunde ausgestattet, bemerkt haben – eine Rekursion und damit wieder eine potenzielle Inkonsistenz verursachen.

Die andere Möglichkeit bestünde darin, die Widersprüche nicht nach außen, sondern nach innen zu verlagern, was zugegebenermaßen noch schwieriger ist, da man sie dann in jedes einzelne Element des Systems implantieren müsste. Das bedeutet aber, dass jeder Einzelne seine individuelle Optimierungsstrategie nach Nash durch eine solche ersetzen müsste, die über den eigenen Horizont hinausgeht. Nicht nur, dass ein solches Verhalten wirkliche Mündigkeit voraussetzt, in der Weise, das System zu verstehen, in dem man lebt; man müsste von liebgewonnen Vorurteilen abrücken, vor allem von dem bereits angesprochenen, dass die Mehrheit immer recht hat. Das mag zwar einst so gewesen sein und in einem undifferenzierten System auch kein Problem darstellen. Wenn das System aber einen Zustand erreicht hat, in dem nur noch die Mehrheit selbst vom Recht der Mehrheit überzeugt ist, entsteht eine destruktive Inkonsistenz. Diese aufzulösen, müsste statt des Rechts der Mehrheit das Recht des Konsenses gelten, was nach einem hohen Maß an Einsicht verlangt. Leider ist dieses, zumindest im Moment, noch nicht einmal bei jenen vorzufinden, die hinsichtlich dessen ein Beispiel zu geben in der Pflicht stehen würden. Doch sehen wir uns den Schotter an, den wir als Politiker zur Verfügung haben, mit ihrem Drei-Punkte-Programm (»1. Nur ich habe recht.«, »2. Wer etwas anderes sagt als ich, dem hau' ich auf die Schnauze, weil er unrecht hat.«, »3. Wer dasselbe sagt wie ich, dem hau' ich auch auf die Schnauze, weil er ja nur recht haben will.«). Dort wird uns eindrücklich vorgelebt, wie es gerade nicht funktionieren kann; insofern dürfte es schwierig werden, bei jedem Einzelnen die notwendige Einsicht zu generieren. Konsens bedeutet, die Meinungen all jener abzubilden, die bereit sind, erstens ihre Meinung beizutragen und zweitens die Meinungen der anderen zu respektieren. Dabei wird ein jeder mit dem inneren Konflikt umgehen müssen, Entscheidungen mitzutragen und zu akzeptieren, die nur in dem Maße die individuellen Interessen berücksichtigen, wie dies der Optimierung des Gesamtsystems zuträglich ist.

Ich will nicht in Abrede stellen, dass es schon viele gibt, die nach derartigen Grundsätzen handeln, anderenfalls wäre die Lage wohl so wenig trostreich, wie es dem Sättigungszustand des Systems eigentlich entsprechen würde. Doch leider wird das auf Dauer nicht ausreichen. Wenn es darum geht, das System davor zu bewahren, an seinen Grenzen zu zerschellen, muss jeder etwas dafür tun. Wenn zehn Leute am Tisch sitzen, von denen nur neun das letzte Stück Torte unter Aufbietung aller Widerstandskraft auf der Platte lassen, dann ist es am Ende trotzdem weg. Und jener Zehnte, der scheinbar von dieser Situation profitiert, muss sich darüber im Klaren sein, dass er auf diese Weise und hinlängliche Dauer das Kaffekränzchen aus dem Vereinsregister löscht. Und dann bekommt er nicht nur das letzte Stück nicht mehr, sondern auch das vorletzte und alle weiteren, die man ihm in den Grenzen der Harmonie einer solchen Veranstaltung zugesprochen hätte. Wer die totalitäre Ansicht vertritt, dass alles, was nicht zu 100 % verboten ist, zu 100 % erlaubt ist, und diesen Anspruch in genannter Höhe für sich einfordert, darf sich dann auch nicht wundern, wenn es irgendwann zu 100 % verboten wird.

Wir werden in Zukunft nicht umhinkommen, Sätze wie »Bevor du es nimmst, nehme ich es lieber selbst.« und »Was du darfst, darf ich schon lange.« aus unserem Sprachgebrauch und vor allem aus unserem Denken zu streichen. Anderenfalls beschwören wir eine Situation herauf, die nur noch dadurch zu lösen ist, dass niemand mehr etwas bekommt und niemand mehr etwas darf. Doch wie kann so etwas gelingen? Solange wir uns in einer Weise verhalten, wie sie von der Mathematik vorausgesagt wird, gar nicht. Erst wenn wir unseren Geist als dieser Wissenschaft überlegen unter Beweise stellen, rückt eine Lösung in erreichbare Nähe.

Bei genauem Betrachten scheint es zwar unmöglich zu sein, sich der Nash-Theorie zu widersetzen, dennoch gibt es immer wieder Situationen, in denen wir dies als selbstverständlich ansehen. Wenn der Bergsteiger abzustürzen droht und nur noch am langsam vom Krampf ermüdenden Arm seines Kollegen hängt, wird der Dritte im Bunde nicht zögern, mit zuzupacken, auch wenn er dafür die Bierflasche aus der Hand stellen muss. In lokalen Extremsituationen sind plötzlich Dinge möglich, die sich mittels mathematischer Logik nicht mehr beschreiben lassen. Das ist gut und schlecht zugleich. Gut, weil es zeigt, dass wir prinzipiell zu Handlungen fähig sind, die ebenso notwendig sind, wie sie sich egoistisch-rationaler Erklärung widersetzen; schlecht, weil es die Frage aufwirft und gleichzeitig ihre Beantwortung offenlässt, ob und wie das auch dann geschehen kann, wenn wir die Situation aufgrund ihrer Größe weder zu überblicken imstande sind noch überhaupt ihre Extremität erkennen können. Diese Frage wird zu beantworten sein.

Einen diesbezüglichen Denkanstoß zu liefern, auch und insbesondere für jene, die sich in der Tat auf vollkommene Weise der Mathematik fügen und nur auf ihr unmittelbares Wohl bedacht sind, ein Beispiel, wie eine derartige Strategie versagen kann. Ein Nash-Gleichgewicht ist nämlich nicht nur in der Lage, den optimalen Zustand eines Systems zu verhindern, es kann das System sogar in dessen denkbar schlechtesten treiben.

Vor einigen Jahren lief im Fernsehen eine nicht besonders erfolgreiche Spiel-Show mit dem Namen »Judas Game«, die nach unverzüglich aufgekommenen Protesten in »J-

Game« umbenannt und nach wenigen erfolglosen Folgen wieder abgesetzt wurde. Dies geschah mit Recht, da deren cineastischer Wert gegen null tendierte. Das Einzige, was der Mathematiker dieser Sendung zugutehalten konnte, war der Umstand, dass sie ein Lehrbeispiel für die destruktive Wirkung eines Nash-Gleichgewichts lieferte.

Die Kandidaten, die an dem Spiel teilnahmen, hatten in den ersten Spielrunden zunächst die Aufgabe, sich miteinander und gegeneinander zu verschwören, um einen nach dem anderen aus dem Spiel herauszuwählen. Dazu stand ihnen ein Raum zur Verfügung, in dem sie sich paarweise, abgeschirmt von den anderen, besprechen konnten. Das geschah so lange, bis nur noch zwei von ihnen verblieben waren. Für diese beiden bestand dann die Möglichkeit, einen Geldbetrag zu gewinnen. Dazu mussten beide unabhängig voneinander entscheiden, ob sie den gesamten Betrag für sich allein haben wollen oder bereit sind, diesen mit dem anderen zu teilen. Die Verteilung des Geldes erfolgte dann auf folgende Weise: Wenn sich beide für »Teilen« entscheiden, bekommt jeder die Hälfte. Wenn sich nur einer für »Teilen« entscheidet, bekommt er nichts, der andere aber alles. Wenn sich beide für »Nicht teilen« entscheiden, bekommt keiner etwas. Untersuchen wir nun die optimale Strategie für jeden der Kandidaten unter diesen Bedingungen. Da keiner weiß, wie sich der andere entschieden hat, muss er die Bewertung seiner Gewinnchancen folgendermaßen vornehmen: Entscheidet er sich für »Teilen«, bekommt er, je nachdem wie sich der andere entscheidet, entweder die Hälfte oder nichts. Entscheidet er sich für »Nicht teilen«, bekommt er entweder alles oder nichts. Somit besteht für jeden der

Spieler die optimale Strategie zur Maximierung seines Gewinns darin, sich für »Nicht teilen« zu entscheiden. Das Ergebnis wäre in diesem Fall, dass keiner etwas bekommt. Die individuelle Optimierung führt zu einem globalen Pessimum.

Jetzt bestünde die Möglichkeit, dass einer der Kandidaten über die entsprechende mathematische Vorbildung verfügt und voraussieht, dass sich sein Gegenüber für die Option »Nicht teilen« entscheidet. Dann könnte er diese Annahme in seine Optimierungsstrategie einfließen lassen. Allerdings würde es ihm nicht helfen, denn sobald sich der andere für »Nicht teilen« entscheidet, geht er selbst leer aus, unabhängig von seiner eigenen Entscheidung.

Spielen zwei Mathematiker gegeneinander, dann wissen beide, dass sie sich, um etwas zu gewinnen, für »Teilen« entscheiden müssten. Wenn jedoch einem der beiden klar ist, dass sich der andere für »Teilen« entscheiden muss, muss er selbst sich für »Nicht teilen« entscheiden, um seinen Gewinn zu maximieren. Da aber der andere ähnliche Überlegungen anstellt, wird sich wieder jeder für »Nicht teilen« entscheiden und keiner bekommt etwas.

Nun könnten beide Mathematiker auf die Idee kommen, in den ersten Spielrunden, da sie sich noch miteinander beraten dürfen, die Absprache zu treffen, sich für den Fall, es bis in die letzte Runde zu schaffen, für »Teilen« zu entscheiden. Da das ganze Spiel aber auf Verschwörung beruht, warum sollte sich einer der Spieler später an diese Zusage gebunden fühlen? Zur Maximierung des eigenen Gewinns müsste er sich wieder für »Nicht teilen« entscheiden, der andere aber demzufolge auch. Also bekommen wieder beide nichts. Wie aber ist denn dieses

Spiel nun zu gewinnen, besser gefragt, ist es dies überhaupt? Wenn sich nicht zufällig beide in einem Anflug von Irrationalität oder Unkenntnis der Optimierungsstrategie für »Teilen« entscheiden, erscheint es unmöglich zu sein. Das Problem ist nämlich folgendes: Wenn man die Spielregeln vereinfacht darstellt, dann ist es so, dass der Kandidat mit seiner Entscheidung nicht in der Lage ist, selbst etwas zu gewinnen. Er kann lediglich dem anderen zu einem Gewinn verhelfen, indem er sich für »Teilen« entscheidet. Das bedeutet, jede Optimierungsstrategie nach Nash muss an dieser Stelle versagen. Wie aber kann es dennoch funktionieren?

Wenn Sie, liebe Leser, die Antwort selbst finden wollen, dann lesen Sie an dieser Stelle zunächst nicht weiter.

Nun, zu einer Lösung gekommen oder doch nicht? Dann hier die Antwort: Das Spiel ist von seinen Regeln so angelegt, dass es nicht gewonnen werden soll. Um dennoch eine Lösung zu konstruieren, ist zu berücksichtigen, dass diese auf jeden Fall »symmetrisch« sein muss, soll heißen, dass beide Kandidaten jeweils die Hälfte bekommen. Jede andere wäre unmöglich, da man nicht entscheiden könnte, wer denn nichts bekommen sollte. Ja, der andere, aber dieser denkt natürlich ebenso. Wie lässt sich also erreichen, dass beide die Hälfte gewinnen? Sich gegenseitig zu versichern, sich für »Teilen« zu entscheiden, wird entsprechend der zuvor angestrengten Betrachtungen nicht funktionieren. Das Spiel ist innerhalb seiner selbst nicht zu gewinnen, sondern nur außerhalb. Dazu ist es notwendig, dass sich die Kandidaten nicht gegeneinander, sonder gemeinsam gegen das Spiel verschwören. Das könnte so aussehen, dass Kandidat 1 in einer der geheimen Verschwörungsrunden zu Kandidat

2 sagt: »Wenn wir beide es bis zum Ende schaffen, dann entscheide ich mich für ›Teilen‹ und du dich für ›Nicht teilen‹. Dann gewinnst du zunächst alles und wir teilen hinterher.«

Vielleicht sollten wir diesen Gedanken festhalten, denn das Spiel, in dem wir leben und das wir als »freiheitlich-demokratische Gesellschaft« bezeichnen, erinnert in fataler Weise an diese »J-Game«. Wer nicht bereit ist zu teilen, gewinnt alles, wer dazu bereit ist, verliert alles. Das aber nur so lange, bis keiner mehr zu teilen bereit ist. Dann verlieren alle. Und die Spielregeln so ohne Weiteres zu ändern ist nicht machbar, für den Einzelnen schon gar nicht. Was also tun? Außerhalb des Systems einen Konsens zu schaffen, der dem von den Regeln innerhalb des Systems eingeforderten Dissens einen Gegenpol bildet, erscheint unter den gegebenen Voraussetzungen der einzige Weg zu sein, von der individuellen Zwangsoptimierung abzuweichen, ohne dabei eine Bedrohung der eigenen Existenz zu generieren. Das wird aber nicht gelingen, solange man es als existenzbedrohend ansieht, sich nicht als wichtiger als sein Gegenüber ansehen zu dürfen. Einander auf Augenhöhe zu begegnen, so schwer es auch fällt, notfalls außerhalb der Rolle, in die man von den systemimmanenten Zwängen gepresst wird, wäre ein Anfang. Zu erkennen, dass die größte Stärke darin besteht, diese nicht permanent zur Schau stellen zu müssen, könnte dabei hilfreich sein. Wenn man auf diese Weise erreicht, sich nicht gegenseitig immer wieder aufs Neue als das Maß der Dinge anzusehen, das es zu überbieten gilt, ist diejenige Rekursion mit dem mutmaßlich größten Zerstörungspotenzial aus dem System entfernt. Das alles mag befremdlich klingen, insbesondere vor dem Hintergrund, dass das Streben nach jeglicher individuellen Freiheit die entscheidende Treibkraft für jene Ereignisse darstellte, die vor dreißig Jahren stattgefunden hatten; eine Freiheit, die heute als selbstverständlich angesehen wird. Doch leider ist sie weder selbstverständlich noch als ein absolutes Gut anzusehen. Freiheit ist immer kontextbezogen und – so schwer es zu akzeptieren ist – in einer immer enger werdenden Welt wird die größte Freiheit darin bestehen, sich selbst zu beschränken. Sollten wir darauf verzichten, in der illusorischen Hoffnung, auf diese Weise vor jeglichen Einschränkungen verschont zu bleiben, werden uns diese von übergeordneter Stelle verordnet werden und weitaus drastischer ausfallen. Und selbst jene, die sich mit einer am Ende einer solchen Entwicklung stehenden vollständigen Regulierung, sprich Diktatur abzufinden bereit wären, sollten sich vor Augen führen, dass heute niemand sagen kann, von welcher Art diese sein würde; ob eine proletarische, wie von Marx postuliert, oder doch eine ökologische, eine monetäre oder gar faschistische.

In Anbetracht dessen sollten wir alle bestrebt sein, das bestehende System in einen nachhaltig konsistenten Zustand zu bringen, auch wenn das für jeden Einzelnen Einschränkungen mit sich bringt. Denn anderenfalls könnte es »beschwerlich« werden. Oder um es mathematisch auszudrücken: Wenn *wir* Nash nicht besiegen, wird Gödel *uns* besiegen. Hoffen wir, dass uns Letztgenanntes erspart bleibt. Falls nicht, werden wir die Ersten sein, die es erfahren.

Wir alle sind Fahrgäste in einem Schnellzug mit unbekanntem Ziel. Und ganz gleich, ob man zu denen gehört, die im dunklen Gepäckwagen sitzen und denen das nur

Übelkeit verursacht, oder zu denen, die einen Fensterplatz innehaben und sich an der Geschwindigkeit berauschen; wenn wir die Bremse nicht repariert bekommen, wird an der nächsten eingestürzten Brücke die Fahrt für uns alle zu Ende sein.

Was hingegen Mut machen darf, ist, dass wir in einem prinzipiell sehr dynamischen System leben. Zwar kann es leicht zerstört werden, wenn alle einen kleinen Schritt in die falsche Richtung machen; vielleicht kann es aber ebenso leicht gerettet werden, wenn alle eine kleinen Schritt in die richtige Richtung machen.

Und noch ein Wort an all jene, die das alles schon immer gewusst haben und sich genötigt fühlen, den Zeitgenossen, deren Verhalten es aus ihrer Sicht an hinreichender Sozialkonformität mangelt, in militant-belehrender Manier entgegenzutreten: Es auf diese Weise zu versuchen, erzeugt ein Problem von genau der Art, wie man es eigentlich zu lösen hätte; eine neue Rekursion im System, die ja inzwischen bekanntermaßen keine Widersprüche beseitigt, sondern schafft. So notwendig es ist, dass wir alle in den Modus der Selbstkontrolle wechseln, so wenig lässt sich das verordnen oder gar erzwingen. Letztendlich liegt es in der nicht zu hinterfragenden Verantwortung jedes Einzelnen. Sollte das nicht gelingen, so gibt es auf die Frage, wer daran die Schuld trägt, nur eine Antwort: Wir alle.

Die Mathematik hat die DDR vernichtet. Es ist naiv, anzunehmen, dass sie mit der Bundesrepublik nicht dasselbe tun würde. Denken wir darüber nach.